KB036756

아들아,
너만의 인생을 그려라

옮긴이 **강미경**

서울에서 태어나 대학을 다니던 중 영국으로 건너가 랭커스터대학교에서 비교문학을 공부했다. 현재 영국에 거주하면서 번역가로 일하는 틈틈이 영국의 문화를 한국에 소개하는 자유기고가로 활동하고 있다. 번역서로는《프랭클린 자서전》,《그리스인 조르바》외 다수가 있다.

아들아,
너만의 인생을 그려라

초판 1쇄 인쇄일 | 2020년 7월 30일   초판 1쇄 발행일 | 2020년 8월 5일

지은이 | 필립 체스터필드
옮긴이 | 강미경
그린이 | 신혜원
펴낸이 | 강창용
책임편집 | 정민규
디자인 | 김동광
책임영업 | 최대현

펴낸곳 | 느낌이있는책
출판등록 | 1998년 5월 16일 제10-1588
주 소 | 경기도 고양시 일산동구 중앙로 1233 현대타운빌 407호
전 화 | (代)031-932-7474
팩 스 | 031-932-5962
이메일 | feelbooks@naver.com
포스트 | http://post.naver.com/feelbooksplus
페이스북 | http://www.facebook.com/feelbooksss

ISBN 979-11-6195-109-6 (03890)

이 도서의 국립중앙도서관 출판예정도서목록(CIP)은 서지정보유통지원시스템 홈페이지(http://seoji.nl.go.kr)와 국가자료종합목록 구축시스템(http://kolis-net.nl.go.kr)에서 이용하실 수 있습니다.
(CIP제어번호 : CIP2020030010)

LETTERS
TO
아들아,
너만의 인생을 그려라
HIS SON

필립 체스터필드 지음 | 강미경 옮김

| 차 례 |

4장 자기만의 철학이 있는
   젊음을 위해

5장 경쟁사회에서
   승자가 되기 위해

6장 후회 없는
성공적인 인생을 위해

7장 지혜로운
대인관계를 위해

1

세상이라는
거대한 바다 앞에
서 있는 아들에게

◇◇◇◇◇◇◇◇◇◇◇◇◇◇◇◇◇◇◇◇◇◇◇◇◇◇◇◇◇◇◇

시간의 귀중함을 진정으로
아느냐 모르느냐에 따라
앞으로 너의 인생은 하늘과 땅만큼의
차이가 날 수 있단다.

젊은 날의 소중한 시간은
다시 오지 않는다

아들아, 인생의 출발점에서 네가 무엇보다도 가장 명심해야 할 것은 한순간이라도 시간의 귀중함을 잊어서는 안 된다는 것, 그리고 이 귀중한 시간을 어떻게 해야 올바르게 사용할 수 있는지를 깨닫는 것이다. 시간이 귀중하다는 것은 새삼 강조하지 않아도 누구나 아는 사실이지만 실제로 시간을 소중하게 사용하는 사람은 거의 없다고 해도 과언이 아니다.

시간을 물 쓰듯 낭비하는 사람들도 "시간은 매우 귀중하다", "시간은 어물쩍대는 사이에 쏜살같이 지나가 버린다"와 같은 말을 쉽게 하는데, 이렇듯 사람들이 시간에 흥미를 갖게 된 것은 해시계의 영향을 받았기 때문일지도 모른다.

사람들은 곳곳에 설치되어 있는 해시계를 날마다 보면서 시간을 효율적으로 사용하는 것이 얼마나 중요하며, 한번 잃어버린 시간을 되찾는다는 것이 얼마나 어려운 것인지 깨닫게 되었던 것이다.

그러나 이러한 가르침은 단순히 그 뜻을 이해하는 것만으로는 충분치 않다. 실제로 남에게 가르침을 줄 수 있을 정도의 경험이 없다면, 시간의 가치와 올바른 사용법을 제대로 이해하고 있다고 할 수 없다.

그런 점에서 본다면 너는 시간의 귀중함을 잘 알고 있는

것 같더구나. 이것은 정말로 중요한 점이다. 시간을 어떻게 관리하느냐에 따라, 그리고 시간의 귀중함을 진정으로 아느냐 모르느냐에 따라 앞으로 너의 인생은 하늘과 땅만큼의 차이가 날 수 있단다. 너에게 시간의 중요성에 대해 장황하게 설교하려는 생각은 없다. 다만 한 가지, 앞으로 네가 살아갈 너의 인생 중 한 기간, 즉 앞으로 몇 년 동안에 대해 이야기하고 싶을 뿐이다.

우선 말해주고 싶은 것은 18세까지 지식의 기반을 다져 놓아야 한다는 것이다. 만약 그렇게 하지 못하면 그 이후의 인생을 너의 뜻대로 살아가기가 어려워진다. 지식이란 나이가 들었을 때 휴식처가 되고 위안처가 된다는 것을 명심해라.

나는 은퇴 후에도 지금처럼 항상 책을 가까이할 생각이다. 지금 내가 누구의 방해도 받지 않고 책 읽는 즐거움을 누릴 수 있는 것은 네 나이 때 열심히 공부했기 때문이라고 생각한다. 만약 그때 좀 더 노력했더라면 더 큰 기쁨을 누리고 있을지도 모르겠다. 아무튼 나는 그때의 노력 덕분에 번잡한 일상에서 벗어나 책과 함께 평온한 삶을 누리고 있다.

지금 생각해도 젊은 시절에 어느 정도의 지식을 쌓은 것은 정말 잘한 일이었다. 그렇다고 해서 노는 것으로 소비한 시간이 아깝다는 것은 아니다. 놀이는 인생에 활력소가 되고 젊은이들에게는 낭만이며 욕구이기도 하다. 젊은 시절에 나도 마음껏 놀았다. 만약 그렇게 하지 않았더라면 아마도 지금쯤 놀이에 대해 잘못된 환상을 가지고 있을지도 모른다. 사람은 자신이 경험하지 못한 일에는 항상 환상을 갖게 마련이니까 말이다.

다행히도 나는 일과 놀이, 이 두 가지 모두에 열중했다. 덕분에 화려하고 즐거운 겉모습이 주는 단맛 외에 이면의 쓴맛도 잘 알고 있단다. 그러므로 젊었을 때 마음껏 놀고 일한 것에 대해 후회나 미련은 없다. 그런데 단 한 가지 후회되는 것이 있다면, 그것은 젊었을 때 일도 하지 않고 놀지도 않으면서 헛되이 흘려보낸 시간이다. 그렇게 보낸 시간에 대해서는 앞으로도 영원히 후회하게 될 것이다.

앞으로 몇 년 동안은 너의 인생에서 매우 중요한 시기란다. 그러므로 이 시기를 가치 있게 보내라고 당부하고 싶다. 지금 네가 이 시기를 나태하게 보낸다면 지식도 쌓이지 않을 것이고, 인격 형성에도 큰 손실을 가져올 것이다. 반대로 이 시기를 가치 있고 알차게 보낸다면, 그 시간들은 너에게 큰 이익을 가져다줄 것이다.

앞으로 몇 년 동안 너는 학문의 기초를 닦아야 한다. 일단 기초를 닦아 두면 언제든지 네가 필요한 만큼 지식을 더해 갈 수 있지만 그 시기를 놓치고 난 다음에는 서둘러 봤자 아무 소용이 없다.

지금 네 나이에 학문의 기반을 다져 두지 않으면 나이 들었을 때에는 매력 없는 사람이 되고 만다. 나는 네가 사회에 진출한 뒤에도 학문에 힘쓰라고 말할 생각은 없다. 그때는 시간적인 여유가 없기 때문이다. 만약 시간이 있다고 하더라도 한가하게 책만 읽고 있을 수 있는 입장이 아닐 것이다. 그러므로 누구에게도 방해받지 않고 마음껏 지식을 축적할 수 있는 시기는 바로 지금뿐이다.

하지만 책상 앞에 앉는 것조차 싫을 때도 있을 것이다. 그럴 때는 이렇게 생각해 보아라. '이것은 인생에 있어 반드시 통과해야 할 관문이다. 한 시간이라도 더 노력하면 그만큼 더 빨리 목적지에 닿을 수 있고, 그만큼 더 빨리 자유로워질 수 있다'고 말이다. 얼마나 빨리 자유를 얻느냐는 오로지 네가 시간을 어떻게 사용하느냐에 달려 있다.

천재도 노력해야
성공한다는 것을 명심해라

네 나이 때는 절제만 잘하면 운동을 하지 않아도 건강에 별다른 문제가 생기지 않는다. 하지만 두뇌는 그렇지 않다. 특히 네 나이 때는 평상시에도 절제된 마음가짐이 필요하다.

때로는 두뇌 활동을 쉽게 하는 물리적인 운동을 하는 것도 중요하다. 따라서 시간의 효율적인 사용이 매우 중요하다. 현재의 몇 분을 어떻게 사용하느냐에 따라 네 두뇌의 장래는 크게 달라질 수 있다.

그뿐이 아니다. 두뇌를 건강한 상태로 유지하기 위해서는 상당한 훈련이 필요하다. 훈련된 두뇌와 그렇지 못한 두뇌의 차이는 엄청나기 때문이다. 그러므로 두뇌를 훈련시키는 데에는 아무리 많은 시간과 노력을 쏟아도 지나치지 않다.

물론 이례적으로 훈련 없이 타고난 재능만으로도 천재가 되는 사람도 있다. 그러나 그것을 기대하고 무작정 기다리는 것은 어리석은 일이다. 게다가 천재라 하더라도 두뇌 훈련을 위해 노력한다면 더더욱 위대해질 것이다. 그러므로 늦기 전에 지식을 축적하는 데 노력을 아끼지 말아야 한다. 지식이 없다면 성공은커녕 평범한 인간이 되는 것도 어려울 것이다.

현재 네 자신의 처지를 돌아보아라. 너에게는 성공의 발판이 될 수 있는 그 어떤 지위도, 재산도 없다. 게다가 나 역시 언제까지 정계에 있을지, 또 언제까지 너를 돌볼 수 있을지 알 수 없는 일이다. 아마도 네가 사회생활을 시작할 때쯤이면 나는 은퇴하여 말년을 보내고 있을 것이다.

그렇다면 너는 무엇을 믿고 의지하겠느냐? 바로 너 자신의 힘 이외에는 아무것도 없다. 너 스스로의 힘만이 성공의 유일한 길이고, 또한 그래야만 한다. 나는 너에게 그만한 힘이 있다는 것을 믿는다.

나는 종종 사람들의 불평을 듣곤 한다.

"나는 뛰어난 인재이지만 사회가 나를 인정해 주지 않는다."

"사회는 나의 능력만큼 보상을 해 주지 않는다."

이런 식의 불만을 책에서 읽은 적도 있다. 하지만 내가 알고 있는 한 실제로 그런 일은 없었다. 어떠한 역경에 처해 있어도 뛰어난 사람은 반드시 성공했다. 이는 나의 신념이 자 믿음이기도 하다.

내가 말한 '뛰어난 사람'이란 식견과 지식이 있고, 태도 역시 반듯한 사람을 말한다. 식견이 얼마나 중요한지 새삼

스럽게 다시 말할 필요는 없을 것이다. 굳이 한 마디로 이야기하자면, 식견을 갖추지 못하면 외롭고 불행한 인생을 살아가게 된다는 것이다.

이미 여러 차례 말했지만, 지식은 자신의 목표가 무엇이든 철저하게 몸에 익혀 두지 않으면 안 된다.

또 태도는 식견이나 지식에 비해 가장 소홀히 다뤄지기도 한다. 하지만 성공한 사람이 되기 위해서는 결코 빼놓을 수 없는 요소이기도 하다. 태도 여하에 따라 지식이나 식견이 빛나기도 하고 퇴색되기도 한다. 즉 성공이라는 목표 달성에 도움을 주기도 하고 장애가 되기도 하는 것이다. 겸손하고 반듯한 태도는 식견이나 지식보다도 다른 사람의 마음을 가장 먼저 매료시킨다는 것을 잊지 말아라.

나는 지금까지 그래왔던 것처럼 앞으로도 너에게 편지를 써서 보낼 것이다. 그 사연들에 대해 네가 진지하게 생각해 주길 바란다. 이 사연들 모두는 내가 오랜 경험으로 터득한 지혜이며 또한 너에 대한 애정의 표시란다. 나는 너 이외의 다른 누구에게도 그와 같은 조언을 할 생각이 없다.

너는 아직 내가 너의 장래를 걱정하는 마음을 잘 이해하지 못할 것이다. 지금 나의 조언이 어느 정도 도움이 될지 모르겠지만, 참고 견디며 내 말에 귀를 기울여 주었으면 좋겠다. 언젠가는 나의 조언이 헛된 것이 아님을 깨닫게 될 것이다.

2

젊은이다운
태도와
마인드를 위해

보통의 재능을 지닌 사람이라도
꾸준히 능력을 계발하고, 집중력을 배양하고,
노력을 게을리하지 않는다면
자신이 원하는 사람이 될 수 있다.

끈기와 열정은
젊은이의 의무다

'게으름'에 대해서 너에게
말해 두고 싶구나. 너도 알다시피 너에 대한 나의 사랑은 어
머니의 감성적인 사랑과는 다르다. 나는 자식의 결점을 모
른 척하고 너그러이 넘어가는 아버지가 될 생각은 추호도
없다. 오히려 결점이 있으면 바로 지적해서 고칠 수 있도록
하는 것이 어버이로서의 내 의무이자 권리라고 생각한다.
또한 지적받은 점을 고치려고 노력하는 것이 자식으로서 너
의 의무라고 생각한다. 이 점에 대해서 너는 어떻게 생각하
니?

다행스럽게도 지금까지 너를 지켜본 바로는 성격이나 재
능에서 그다지 큰 문제는 없는 것 같다. 다만 조금 나태하고

산만하며, 주변에 대해 무관심하더구나.

네가 육체적으로나 정신적으로 쇠약한 노인이라면 이해할 수도 있겠다. 인생의 황혼기를 맞이한 노인이 그저 평온한 여생을 보내고 싶어 하는 것은 당연하기 때문이다. 그러나 젊은이에게는 결코 용납될 수 없는 일이다. 젊은이는 남보다 뛰어나고, 남보다 돋보이려는 야망을 가지고 열심히 노력해야 한다. 그리고 끈기를 가지고 열중할 줄 알아야 한다. 로마의 시저도 말했듯이 '뛰어난 행동이 아니면 행동이라고 말할 수 없는 것'이란다.

너에게 젊은이다운 용솟음치는 기개와 활력이 부족한 것 같아 안타깝구나. 활기찬 사람만이 주위 사람들을 즐겁게 해 줄 수 있고, 남보다 성공하겠다는 야망과 용기를 가질 수 있는 것이다. 다시 말하자면, 존경받는 사람이 되고자 한다면 그만한 노력이 필요하다. 그렇지 않으면 결코 존경받는 사람이 될 수 없다. 타인에게 기쁨을 주기 위해 노력하지 않으면 결코 주위 사람들을 기쁘게 할 수 없는 것이다.

사람은 누구나 자기가 되고자 하는 바를 이룰 수 있다. 보통의 재능을 지닌 사람이라도 꾸준히 능력을 계발하고, 집중력을 배양하고, 노력을 게을리하지 않는다면 자신이 원하는 사람이 될 수 있다. (시인의 경우는 조금 다르다.)

너는 장차 끊임없이 변화하는 커다란 사회의 일원이 될 것이다. 사회의 일원이 되기 위해 지금 해야 할 일은 세계 각국의 정치, 국가 간의 이해관계, 경제, 역사, 관습 등에 관한 지식을 쌓는 일이다. 이것은 평범한 재능을 가진 사람이라도 노력만 하면 할 수 있는 일이다. 따라서 그것을 할 수 없다고 하는 것은 용납되지 않는다. 무엇을 해야 하는지 알고 있으면서도 실행을 하지 않는 것은 바로 태만하기 때문이다.

체득할 만한 가치가 있는 것에는 크고 작은 난관이 있기 마련이다. 그러나 조금 어렵다거나 귀찮으면 금방 체념하고 포기해 버린다. 일에 대해 끈기 있게 끝까지 해내지 못하는 것이다. 태만한 사람은 수박 겉핥기식의 쉽게 얻어지는 표면적 지식을 얻는 데 그친다. 노력하지 않고 포기해 버리는 태도는 바보가 되거나 무식을 택하는 것과 다르지 않다.

이러한 부류의 사람은 어떤 일을 대하든 '할 수 없다'고 생각한다. 이런 사람들에게는 어려운 일이 곧 불가능한 일과 같다. 자기의 태만을 변명하기 위해 그렇게 생각하는 것이다. 진지하게 정면으로 부딪쳐 보면 정말로 해내지 못할 일은 거의 없는데도 말이다.

태만한 사람들에게는 불과 한 시간의 집중도 고통스러운 일이다. 그러므로 어떤 일이든 깊이 생각하지 않고 단순하게 이해하고 받아들인다. 이런 사람이 통찰력이나 집중력을 갖춘 사람과 대화를 하게 되면, 금방 태만과 무지가 들통나고, 횡설수설할 수밖에 없다.

그러므로 처음에 어렵고 귀찮다는 생각이 들어도 좌절하여 바로 포기해서는 안 된다. 그럴수록 더욱 분발해서 밀고 나아가야 한다. 그리고 성인이 사회 구성원으로서 반드시 지녀야 할 지식을 철저하게 습득하겠다는 각오를 다지기를 바란다.

지식 중에는 특정한 직업인에게는 필요하지만 그 밖의 사람에게는 필요치 않은 것도 있다. 예를 들어 항해학의 경우, 전문 종사자가 아닌 너에게는 적당한 질문을 할 수 있을 만큼의 표면적이고 일반적인 지식만으로도 충분하다.

그러나 모든 사람이 공통적으로 알고 있어야 하는 분야의 지식도 있다. 어학, 역사, 지리, 철학, 논리학, 수사학 등이 그것인데, 이런 것들은 철저하게 알아 두는 것이 좋다. 너의 경우에는 그 밖에도 주요 나라의 정치, 군사, 법률에 관한 지식도 쌓아 두어야 한다. 이처럼 광범위한 지식들을 자기 것으로 소화시킨다는 것은 어려운 일이며 많은 노력이 필요하다. 그러나 하나하나 꾸준히 공부한다면 할 수 없는 일이란 없으며, 결국 그런 노력에 의해 습득된 지식이 미래의 너에게 큰 재산이 될 것이다.

거듭 말하지만 너는 어리석은 사람들이 걸핏하면 입에 올리는 '그런 것은 못한다'는 변명을 하지 말아라. 또, 하지 않으리라 믿고 있다. 정신적으로든 육체적으로든 '할 수 없는' 일은 없다. '한 가지 일에 장시간 집중할 수 없다'고 하는 것은 '나는 바보입니다. 하고 싶지 않습니다'라고 말하는 것과 다르지 않다.

나는 자기의 칼을 어떻게 몸에 차야 하는지 모르는 사람을 알고 있다. 그는 칼을 찬 채로는 식사할 수 없다면서 식사를 할 때마다 칼을 풀어 놓곤 한다. 나는 그에게 "당신이 칼을 풀어 놓는다는 것은 식사 중에는 절대로 위험한 일이 일어나지 않는다는 것을 보증하고 있는 것입니다"라고 말할 수밖에 없었다.

다른 대부분의 사람들이 하고 있는 일을 '할 수 없다'고 하는 것은 정말로 부끄럽고 어리석은 일이다.

중요한 일에 쓸 노력을
하찮은 일에 낭비해서는 안 된다

세상에는 하찮은 일로 일년 내내 스트레스를 받으며 바쁘게 살아가는 사람들이 있다. 그들은 무엇이 중요하고, 무엇이 중요하지 않은지를 구분하지 못한다. 그래서 중요한 일에 써야 할 시간과 노력을 하찮은 일에 써 버리는 경우가 많다. 이런 사람들은 누군가와 대화를 해도 상대방이 입고 있는 옷이나 외모에만 관심을 쏟을 뿐 상대방의 인격은 보지 못한다. 연극을 관람할 때도 극의 내용보다 무대 장식에 정신을 빼앗겨 버린다. 정치를 할 때도 마찬가지다. 정책의 목적이나 그로 인한 영향을 검토하기보다 형식을 중요시한다. 이런 사람에게 발전을 기대할 수 있을까?

그런데 똑같이 하찮은 일이라도 사람들에게 호감을 주거나 즐거움을 주는 것이 있다. 예를 들어 옷차림이나 춤을 생각해 보자. 춤은 젊은이에게 매력적이며 꼭 필요한 것이라고 생각한다. 그러므로 춤을 배울 때에는 아무렇게나 배워서는 안 된다. 좀 우스꽝스럽거나 괴상해 보이는 춤동작이라도 진지하고 적극적으로 배워야 한다.

옷차림도 마찬가지다. 사람은 누구나 옷을 입지 않으면 안 된다. 그러니 기왕이면 산뜻하고 단정하게 입는 것이 좋은 인상을 주지 않겠니?

훌륭한 사람이 되기 위해 지식이나 식견을 쌓고 훌륭한 태도를 몸에 익히는 것이 무엇보다 중요하지만 이와 마찬가지로 하찮은 일이라도 다른 사람에게 즐거움을 줄 수 있는 것들은 노력해서 몸에 익히는 것이 좋다. 조금이라도 가치 있다고 생각되는 것은 관심과 사랑을 가지고 성취해 보길 바란다. 그리고 그 일을 성취하기 위해서는 끊임없이 노력하는 습관이 필요하다.

머리가 나쁘거나 집중력이 떨어지는 사람이 보통 주의가 산만하다는 말을 듣는다. 이유야 무엇이든 간에 산만한 사람과 자리를 함께하는 것은 즐겁지가 않다. 모든 면에서 예

의에 어긋나는 행동을 하기 때문이다. 어제까지만 해도 다정하게 지냈던 사람이 오늘은 갑자기 냉정하게 대하면서 공통된 화제에 끼지 못하고 제멋대로 대화 도중에 끼어들어 대화의 흐름을 방해하는 행동을 한다면 그것은 집중력이 떨어졌다는 증거이다. 또는 더 중요하다고 생각하는 무엇인가에 정신을 빼앗기고 있다고 볼 수 있다.

영국의 물리학자 뉴턴을 비롯해서 인류 역사에 출현한

몇몇 천재들은 주위 환경에 아랑곳없이 사색에 열중할 수 있는 집중력이 있었다. 하지만 그것은 평범한 사회생활을 하는 일반인에게는 쉽지 않은 일이다. 그런 흉내를 냈다가는 오히려 쓸모없는 바보로 취급받거나 동료들로부터 따돌림을 당할 것이 분명하다.

주의가 산만한 사람과 함께 있는 것은 불쾌한 일이다. 그것은 다른 사람을 무시하는 행동과 다르지 않기 때문이다. 누구나 자신을 무시하는 행동은 용서할 수 없다. 한번 생각해 보자. 어느 누가 존경하는 사람, 사랑하는 사람을 앞에 두고 다른 데 정신을 빼앗기겠는가? 요컨대 어떤 사람이라도 주목할 만한 가치가 있는 사람 앞에서는 집중하게 되는 법이다. 그리고 어떤 경우라도 주목할 가치가 없는 상대란 존재하지 않는다.

솔직히 나는 마음이 딴 곳에 가 있는 사람과 함께 있으니 차라리 죽은 자와 함께 있는 편이 낫다고 생각한다. 적어도 죽은 자는 나를 무시하지도, 바보로 취급하지도 않으니까 말이다. 그러나 정신이 산만한 사람은 나에 대해 주목할 만한 가치가 없다고 생각하고 있는 것이다. 또한 정신이 산만한 사람이 함께 있는 사람들의 인격이나 태도, 그 지방의 관습 같은 것을 과연 정확하게 관찰할 수 있을까? 그런 사람은 평생을 훌륭한 사람들 속에서 살아간다(나 같으면 그런 사람은 절대 사절이다) 하더라도 무엇 하나 얻는 것 없이 인생을 허비하고 말 것이다. 그리고 현재 해야 할 일, 하고 있는 일에 주의를 기울이지 못하는 사람은 좋은 일을 할 수도 없고 좋은 대화 상대도 되지 못한다.

너도 알다시피 나는 너의 교육을 위한 비용은 아까워하지 않을 것이다. 그렇더라도 너를 위해서 '주의 환기인(注意喚起人)'까지 고용할 생각은 조금도 없다.

너도 조나단 스위프트Jonathan Swift(1667~1745, 영국의 풍자 작가)의 소설 〈걸리버 여행기〉를 통해서 주의 환기인이 무엇인지는 알고 있을 것이다.

그 책을 보면 라퓨타에는 언제나 깊은 사색에 잠겨 있는 철학자들이 있는데, 이들은 주의 환기인이 발성 기관이나 청각 기관에 직접 자극을 주어야만 말할 수 있고 들을 수도 있다고 한다.

이 철학자들은 깊은 사색에 잠겨 있어서 위험에 처하게 되더라도 눈꺼풀을 가볍게 건드려서 알려주지 않으면 낭떠러지에서 발을 헛디뎌 떨어지거나 기둥에 머리를 부딪힐 수도 있었다. 또 길거리에서 다른 사람에게 부딪힐 수도 있었고 어느 때고 개집을 걷어찰 수도 있었다. 그래서 그들은 주의 환기인 없이는 밖을 나갈 수도, 다른 집을 방문할 수도, 산책을 할 수도 없었다. 그중에 생활이 윤택한 사람은 하인 중에 한 사람에게 그 일을 전담하도록 했다고 한다.

물론 나는 네가 위험해질 정도로 깊은 사색에 잠기리라고는 생각하지 않는다. 너는 오히려 아무 생각이 없는 편이 많겠지만, 그렇다고 주의 환기인이 필요할 정도로 너무나 집중하지는 않는 것이 좋다.

무례한 사람은
존중받지 못한다

너는 주위 사람들에 대한 주의력이 떨어진다. 그렇다고 주의 환기인이 필요한 정도는 아니다. 그러나 사람들에 대한 주의력이 떨어진다는 것은 곧 네가 그 사람들을 무시하고 하찮게 여기고 있다는 것을 말한다.

이 세상에는 많은 사람들이 산다. 그중에는 어리석은 사람도 있고 변변치 못한 사람도 있을 것이다. 이런 사람들까지 모두 존경해야 한다는 것은 아니다. 그러나 무시해서는 안 된다. 무시해도 좋을 만큼 생각이 모자라거나 쓸모없는 **인간**은 없기 때문이다.

설사 마음으로는 싫어할지라도 그런 마음을 직접적으로 상대에게 내보이지는 않아야 한다. 이것은 마음을 속이는 비겁한 일이 아니라 오히려 현명한 태도이다.

사람은 누구나 언제 누군가의 도움을 필요로 할지 모른다. 누군가의 도움이 절실할 때, 너에게 무시당했던 사람은 결코 너에게 도움을 주지 않을 것이다. 결국 타인을 무시하고 하찮게 여기는 것은 자신에게 도움이 못 된다.

사람에게는 자존심이 있다. 무시당했던 일을 언제까지나 기억하게 하는 자존심이. 그래서 인간은 타인에 의한 불이익은 쉽게 용서할 수 있지만, 타인에게 받은 모욕은 용서하

기가 쉽지 않다.

타인에게 무시당하거나 하찮게 취급당하는 것은 자신이 지은 죄 이상으로 숨겨 두고 싶은 자신의 약점이나 결점을 직접적으로 지적당하는 것과 같다. 이것은 괴로운 일이다. 현실적으로 타인에게 자신의 실수를 인정하고 용서를 구하기는 해도, 아무리 친한 사이라 하더라도 자기의 약점이나 결점을 경솔하게 드러내는 사람은 본 일이 없다. 또 실수를 충고해 주기는 하지만 능력이 모자람을 직접 지적하여 모욕을 주는 사람은 없다. 모욕은 자기 스스로의 말에 의한 것이나, 남으로부터 받는 것이나, 자존심에 큰 상처가 되기 때문이다.

어떤 사람이든 조금이라도 모욕을 당하면 분노할 만큼의 자존심은 가지고 있다. 또한 이 분노는 쉽게 사라지지 않는다. 그러므로 평생의 원수를 만들고 싶지 않거든 상대가 아무리 형편없다고 하더라도, 그것을 겉으로 드러내는 일은 삼가야 한다.

간혹 자신이 우월하다는 것을 과시하기 위해서나, 혹은 주위 사람들의 관심을 끌기 위해서 타인의 약점이나 결점을 폭로하는 젊은이들이 있다. 하지만 타인에 대해 폭로하는 행위는 절대로 해서는 안 된다.

잠시 주위 사람들의 인기와 관심을 끌 수 있을지 모른다. 하지만 폭로당한 사람은 그에게 원한을 가질 것이다. 즉, 평생의 원수를 얻게 된다. 또한 함께 웃고 즐겼던 사람들도 돌아서면 자신도 폭로되지 않을까 싶어 꺼림칙해질 것이 틀림없다. 결국은 그들에게조차 외면당하게 될 것이다. 무엇보다도 타인에 대해 폭로를 하는 행위는 품위를 잃게 만드는 천박한 행위이다.

마음씨가 고운 사람은 남의 약점이나 결점을 공개적으로 떠들어대지 않는다. 만일 네가 재치가 있다면, 그것을 타인에게 상처 주는 데 쓰지 말고 타인을 행복하게 하는 데 사용하도록 해라.

거짓말은
더 큰 위기를 불러온다

8일자 소인이 찍혀 있는 네 편지를 받았다. 로마 가톨릭 교회에 관한 어처구니없는 이야기와 또 그것을 절대적으로 믿는 신도들을 보고서 놀랐을 네 기분은 잘 알겠더구나. 그러나 아무리 잘못된 생각이라고 판단되더라도 진심으로 그렇게 믿고 있는 사람들을 비웃거나 책망해서는 안 된다.

분별력이 흐려져 사리 판단을 못하는 사람은 불쌍한 사람이다. 그러나 비웃음을 살 만한 일이나 비난받을 만한 일을 한 것은 아니다. 그러므로 결코 비웃거나 책망하지 말고 대화를 통해 올바른 방향으로 이끌어 주겠다는 마음가짐을 가지려고 노력해야 한다.

인간은 누구나 각자 자신의 생각에 따라 행동한다. 그러나 자기의 생각을 남에게 강요하는 것은 자신과 체형이나 체질까지 같아야 한다고 강요하는 것과 마찬가지이므로 교만한 짓이다.

인간은 누구나 자기 자신이 옳다고 생각하며 살아간다. 그러나 정말로 누가 옳은가를 알고 있는 것은 오직 신뿐이다. 또 자신이 생각하는 것에 따라 행동하고 그 믿음에 따라 인생을 살아간다. 그러므로 자기 생각과 다르다고 해서 남을 업신여기거나 자기의 신앙과 다르다고 해서 이교도 취급을 하며 박해하는 것은 어리석은 일이다. 비난은 고의로 거짓말을 한 사람, 사실을 날조한 사람이 받아야 하는 것이지 그것을 믿는 사람이 받아야 하는 것은 아니다.

세상에서 거짓말만큼 죄가 크고 비열하며 어리석은 것은 없다. 대개 남에게 적대감이나 비겁한 마음, 허영심을 가졌을 경우 거짓말을 하지만, 어떤 경우에도 거짓말로 목적을 달성할 수는 없다. 아무리 감쪽같이 숨겼다 하더라도 거짓은 얼마 지나지 않아 밝혀지기 때문이다.

예를 들어 누군가의 행운이나 인기를 시기해서 거짓말을 했다고 치자. 얼마 동안은 상대에게 상처를 입힐 수 있을 것

이다. 그러나 결국 가장 고통받는 것은 자기 자신일 것이다. 거짓임이 드러났을 때 가장 상처받는 것은 자신이기 때문이다. 더구나 그런 일이 있은 후에는 아무리 진실을 말해도 거짓말과 중상모략으로 간주되어 버린다. 인생에서 신뢰를 잃는 것보다 더 큰 손해는 없다.

또한 자신의 언행에 대해 변명을 일삼거나, 명예가 더 손상되거나 창피를 당할까 두려워 발뺌을 하거나 또 다른 거짓말을 한다면 더 큰 곤경에 빠질 것이다. 그런 사람은 가장 저급하고 야비한 인간으로 취급받게 된다.

만일 한순간의 실수로 그런 잘못을 저질렀을 때에는 숨기려 하기보다는 정직하게 인정하고 용서를 구하는 것이 낫다. 떳떳하게 잘못을 인정하고 용서를 구하는 것이 신뢰를 잃지 않는 유일한 방법이다. 과실이나 약점을 숨기려고 변명이나 거짓말을 해서는 결코 성공을 기대할 수 없다.

양심과 명예를 지키고 인간관계를 잘하는 것이 성공의 결정적인 요소로 작용하는 사회 속에서 당당하게 살아가려면 거짓말이나 변명을 하지 말고 정직하게 행동해야 한다. 그것이 인간으로서의 의무이며 자신에게도 이익이 되는 것이다. 이것은 네 목숨이 다할 때까지 명심해라.

어리석은 인간일수록 거짓말을 잘하는 법이다. 그래서 나는 어떤 사람이 거짓말을 얼마나 많이 하는지에 따라 그 사람의 지능 지수를 헤아려보곤 한다.

농담과 재치는
구분해서 써야 한다

오늘은 인간과 인간의 성격, 태도에 대해 한번 더 생각해 보자. 바로 사회에 대한 이야기를 하려고 한다. 이런 것들은 나이가 들더라도 생각해 볼 만한 가치가 있기 때문이다. 특히 너와 같은 젊은이들에게는 좀처럼 쉽게 얻을 수 없는 지식이기도 하다.

나는 젊은이에게 사회에 대한 지혜를 가르쳐 주는 사람이 많지 않다는 것을 예전부터 이상하게 생각했다. 자신의 책임이 아니라고 생각한 것일까?

학교의 선생님이나 교수님을 보자. 그들은 언어나 자기의 전문 분야에 대해서만 가르칠 뿐, 그 이외의 것은 어떤 것도 가르치지 않는다. 아니, 가르치지 않는다기보다는 가르칠 수 없다고 말하는 편이 옳다. 그럼 부모들은 어떠한가? 가르칠 능력이 안 되기 때문인지, 생활에 바쁘게 쫓기고 있어서인지, 그도 아니면 무관심해서인지, 부모도 도통 가르치려고 하지 않는다.

개중에 어떤 부모는 자식을 사회와 직접 부딪치게 하는 일이야말로 최고의 교육이라고 생각하기도 한다. 이러한 직접적인 사회 교육은 어떤 면에서는 찬성한다. 아닌 게 아니라, 세상일은 이론만으로는 모두 알 수 없다. 실제로 사회 속에서 사회와 직접 대면해 보지 않고서는 알 수 없는 일이 많기 때문이다. 그렇지만 나는 사회라는 거대한 미로의 땅에 발을 들여놓기 전에, 실제로 많은 경험을 한 경험자가 대략의 약도를 그려 주는 것이 좋다고 생각한다.

아무리 훌륭한 사람이라도 남들에게 존경을 받으려면 어느 정도의 위엄이 있어야 한다. 소란을 피우고 큰소리로 주책없이 웃으며 농담이나 익살스러운 행동을 한다거나, 혹은 무턱대고 사람을 잘 따르는 행동은 위엄 있는 태도라고 할 수 없다. 이렇게 행동해서는 아무리 지식이 풍부한 인격자라도 존경받지 못하며, 오히려 우스운 사람으로 무시당한다.

　쾌활한 성격은 좋지만 쾌활하다는 이유만으로 존경받은
인물은 지금까지 한 명도 없었다고 해도 과언이 아니다. 무
턱대고 붙임성이 좋은 것도 아첨으로 여겨지거나 주위 사람
들로부터 '꼭두각시'라는 손가락질을 받을 수 있기 때문이
다. 또 지위가 낮은 사람들이 대등한 교제를 요구하게 되는
곤란한 상황을 만들기도 할 것이다.

　농담도 마찬가지다. 농담만 하는 사람은 어릿광대와 조
금도 다르지 않다. 농담은 사람들을 탄복하게 하는 재치와

는 다르다는 것을 명심해라.

결국 자기 본래의 성격이나 태도가 아닌 꾸민 모습으로 호감을 얻게 된 사람은 결코 존경받을 수 없다. 적당히 이용당할 뿐이다.

우리는 종종 '저 사람은 노래를 잘하니까 우리 모임에 넣어 주자. 댄스를 잘하니까 무도회에 초대하자. 유머가 풍부하니까 식사에 초대하자'는 말을 한다. 그러나 이런 말을 듣는 것은 칭찬을 받는 것도, 호감을 사는 것도 아니다. 오히려 놀림을 받고 있는 것에 가깝다. 특별히 지명을 받아 바보 취급을 하고 있는 셈이다. 그런 의도가 없다 해도 정당하게 평가받거나 존경받고 있지 않은 것만은 확실하다.

한 가지 이유만으로 모임에 받아들여진 사람은 그 한 가지 재주 외에는 존재 가치가 없다. 다른 면으로는 관심을 끌지 못하기 때문에 아무리 장점이 있다 하더라도 존경받기 어렵다.

그렇다면 어떤 것이 위엄 있는 태도일까? 위엄 있는 태도라는 것은 거만한 태도와는 전혀 다르다. 아니, 오히려 상반된다고 하는 것이 옳다. 농담이 재치와 다른 것처럼 거만한 행동을 하는 것은 결코 용기가 아니다. 거만한 태도만큼

품위를 떨어뜨리는 것은 없다. 거만한 마음가짐은 상대방의 분노를 낳게 하는 동시에 그 이상으로 조소와 멸시를 가져온다. 터무니없이 비싼 가격을 매겨 물건을 파는 장사꾼을 보자. 그런 장사꾼에게는 우리도 터무니없이 싼값을 요구한다. 그러나 정당한 값을 부르는 장사꾼에게는 무리한 흥정을 하지 않는다.

위엄 있는 태도란 무턱대고 아첨하거나 무조건 부정하는 자세가 아니다. 모든 일에 시시콜콜 문제를 제기하는 것도 아니다. 자신의 의견을 겸손하고 명확하게 말하는 동시에 다른 사람의 이야기도 경청하는 자세가 위엄 있는 태도라고 할 수 있다.

위엄은 얼굴 표정이나 행동으로 나타나기도 하며 생동감 있고 절제된 행동을 통해서도 보여 줄 수 있다. 반대로 실없는 웃음이나 절제되지 못한 행동은 경솔하고 가벼운 느낌만 주게 된다.

위엄이 표정과 행동으로 나타난다고 하지만 악한 사람은 결코 위엄 있는 사람으로 보이지 않는다. 그러나 그런 사람이라도 예의 바르고 당당하게 행동하면 조금은 덜 악해 보일지도 모르겠다.

　나머지는 키케로Cicero(B.C. 106~43. 로마의 정치가, 웅변가)의 〈안내서Offices〉나 〈예의범절 편람The Decorum〉에 위엄을 몸에 지니기 위해서는 어떻게 하면 좋은가에 대해 자세히 기록되어 있으므로 이 책들을 읽다 보면 보다 자세한 내용을 알 수 있을 것이다. 가능하면 암기할 정도로 열심히 읽었으면 좋겠다.

3

한 번뿐인
소중한
젊음을 위해

앞으로의 몇 년이 너의 일생에 얼마나
큰 의미를 갖는지 생각해 보기 바란다.
그걸 생각하면 단 한순간도
소홀히 할 수 없을 것이다.

젊음은 잠깐이다,
시간을 아껴 써라

　　　　　돈과 재물을 제대로 사용할 줄 아는
사람은 드물다. 그런데 시간을 현명하게 사용하는 것이 돈
과 재물을 제대로 사용하는 것보다 훨씬 중요하다. 그럼에
도 시간을 현명하게 사용하는 사람은 더욱 드물다.

　나는 네가 돈과 재물은 물론이고 시간을 현명하게 사용
할 줄 아는 사람이 되기를 바란다. 너도 이제 그런 것을 생
각할 나이가 되었다. 젊었을 때는 시간이 충분하다고 생각
하기 쉽다. 그러나 시간을 낭비하는 것은 막대한 재산을 모
두 탕진해 버리는 것과 같다. 뒤늦게 시간의 소중함을 깨닫
는다고 해도 이미 낭비한 시간을 되돌릴 수 없기 때문이다.

　지금은 고인이 된 라운즈 재무 대신을 보자. 그는 윌리

엄 3세, 앤 여왕, 조지 1세 때 명성을 떨쳤는데 '1펜스를 우습게 여겨서는 안 된다. 1펜스를 우습게 여기는 자는 1펜스 때문에 운다'라는 명언을 남겼다. 결국 그는 스스로 이 말을 실천해 손자에게 막대한 재산을 물려주었다.

그럼 시간은 어떤가? 1분을 우습게 여기는 자는 1분에 울게 된다. 그러므로 아무리 짧은 시간도 소홀히 하지 않도록 해야 한다. 1분이든 15분이든 매 순간을 소홀히 하면 하루에 몇 시간을 함부로 낭비하게 될지도 모른다. 그리고 그것이 1년 동안 쌓이면 상당한 양이 되는 것이다.

12시에 어디서 누군가와 만나기로 약속했다고 가정하자. 11시에 집을 나와 약속 시간 전에 다른 누군가의 집을 방문할 계획을 세웠는데 마침 그가 집에 없었다. 약속 시간까지는 한 시간이 남았다. 이런 상황에서 너는 어떻게 하겠니? 찻집에서 12시가 되기를 그저 기다릴 것이냐?

나라면 일단 집으로 돌아와서 그 사람에게 편지를 쓰겠다. 그리고 시간에 맞춰 나가면서 그 편지를 우체통에 넣을 것이다. 편지를 쓰고 나서도 시간의 여유가 있을 경우에는 책을 읽겠다. 시간이 많지 않기 때문에 데카르트나 말브랑슈, 로크, 뉴턴의 책과 같이 어려운 책보다는 짧으면서 유용하고 재미있는 것이 좋으리라. 호라티우스나 부알로의 책들

이 좋겠다. 이렇게 빈 시간을 사용하면 낭비하는 시간이 줄어든다.

세상에는 할 일 없이 빈둥빈둥 시간만 보내는 사람이 많다. 안락의자에 앉아 하품을 하면서 "뭔가 시작하고 싶어도 시간이 없다"라고 말한다. 이런 사람은 실제로 시간이 충분히 있다고 하더라도 그 어떤 일도 시작하지 못한다. 결국 아무것도 하지 못하고 시간을 허비해 버린다. 그런 사람은 불쌍한 사람이라는 말밖에는 할 말이 없다. 아마도 이런 사람은 공부를 하거나 일을 하더라도 결코 성공하지 못할 것이다.

네 나이에는 한가롭게 세월을 보내서는 안 된다. 그런 것은 내 나이쯤 되어서야 비로소 허용되는 것이다. 너는 이제 세상에 겨우 얼굴을 내밀었을 뿐이다. 무엇보다도 적극적이고 근면하고 끈기를 가져야 할 시기인 것이다. 앞으로의 몇 년이 너의 일생에 얼마나 큰 의미를 갖는지 생각해 보기 바란다. 그걸 생각하면 단 한순간도 소홀히 할 수 없을 것이다. 겨우 20분, 30분이라고 해서 가볍게 생각하고 아무것도 하지 않으면 1년 후에는 큰 손실을 보게 된다는 것을 명심해라.

그렇다고 해서 온종일 책상 앞에 앉아 있으라는 말은 아니다. 그것을 권하고 싶은 생각도 없다. 다만 무엇인가를 하고 있다는 그 사실이 중요하다.

예를 들어 하루 중에서도 공부 시간과 놀이 시간 사이에 잠깐의 빈 시간이 생기면 우두커니 앉아서 하품이나 하지 말고 무슨 책이든 좋으니 읽도록 해라. 비록 만화책이나 잡지라도 좋다. 아무것도 하지 않는 것보다는 훨씬 낫다.

내가 아는 사람 가운데 사소한 시간도 헛되게 보내지 않고 지혜롭게 활용하는 사람이 있다. 이 사람은 화장실에 들어가 있는 얼마 안 되는 시간까지 알차게 이용해 고대 로마

시인의 작품을 조금씩 읽어서 끝내는 독파했다고 한다. 한 예로 호라티우스를 읽고 싶었을 때 그는 호라티우스의 시집을 화장실에 갈 때마다 들고 가 그 안에서 읽었다고 한다. 날마다 이것을 되풀이한 끝에 따로 시간을 내지 않아도 그 책을 독파하게 되었던 것이다.

상당한 시간 절약이라고 생각하지 않니? 너도 한번 시도해 보면 좋겠다. 화장실에서 우두커니 앉아 있는 것보다는 훨씬 유익할 것이다. 물론 어떤 책이나 좋은 것은 아니다. 끈기를 가지고 지속적으로 읽어야 할 이해하기 힘든 전문 과학 서적이나 철학 서적은 적합하지 않다. 가볍게 읽을 만한 책을 고르는 것이 좋다.

짧은 시간이라도 이처럼 유용하게 이용하면 나중에 많은 것을 얻게 될 것이다. 이와 반대로 짧은 시간이라고 해서 아무것도 하지 않고 헛되이 보내 버린 시간은 나중에 만회하려고 해도 잘되지 않는다. 그러니 한순간 한순간을 의미 있게 사용하기 바란다. 아무것도 하지 않고 있는 것보다는 무엇이라도 하고 있는 사람이 빨리 성공할 수 있다.

이것은 꼭 공부에만 한정된 이야기가 아니다. 놀이도 마찬가지다. 인간은 놀이를 통해 성장하고 완전한 인간으로 커 간다. 꾸밈과 겉치레를 벗어던진 인간의 참모습을 가르쳐 주는 것도 놀이다. 그러나 놀 때에도 건성으로 대충대충 놀아서는 안 된다. 놀 때는 놀이에 열중해라.

사업이나 일에 있어서 남다른 능력이나 특수한 재능이 필요하다고는 생각지 않는다. 일의 체계를 알고 근면성과 분별력이 있다면 오히려 재능만 있고 질서가 없는 인간보다 훨씬 유능하게 일을 처리할 수 있을 것이다.

너는 지금 사회인으로 첫발을 내디뎠다. 그러므로 하루빨리 모든 것에 계획을 세우고 추진하는 습관을 들여야 한다. 일의 순서를 정하고 그 순서에 따라 추진하는 것이야말로 일을 능률적으로 처리하는 열쇠가 된다.

글을 쓰거나 책을 읽는 등의 모든 일에 순서를 정하고 시간을 배분해 보아라. 그렇게 하면 얼마나 시간이 절약되는지, 일이 얼마나 효율적으로 진행되는지 깨닫게 될 것이다.

말버러(영국의 군인) 공작은 단 1초도 소홀히 하지 않고, 1시간 동안에 보통 사람의 몇 배나 되는 일을 한꺼번에 처리해 냈다. 또한 로버트 월폴 전 영국 수상은 남보다 10배나 되는 일을 맡고 있었으나 그가 당황하는 모습을 한 번도 본 일이 없다. 그것은 일을 처리하는 순서가 빈틈없이 정해져 있었기 때문이다. 반면 뉴캐슬(영국의 장군) 공작은 질서와 순서 없이 일했기 때문에 업무를 효과적으로 처리하지 못했고 결국 패전의 쓴맛을 보고 말았다. 아무리 능력이 뛰어난 인물이라도 순서를 정해 놓지 않고 일하면 머릿속이 복잡해져서 쉽게 포기해 버리게 되는 것이다.

게으른 사람은 성공할 수 없다. 너는 게으른 편이므로 자신을 잘 조절해서 2주일 정도라도 일의 방식과 순서를 연구해 보아라. 그렇게 하면 미리 정해 둔 일을 추진하는 것이 얼마나 편리하고, 얼마나 좋은 결과를 가져오는지를 깨닫게 될 것이다. 결국에는 순서를 세우지 않고 일을 추진할 수 없을 것이다.

놀이에 너무 빠지면
방탕해질 수 있다

대부분의 젊은이가 인생에서 한 번쯤 겪어야 할 암초가 있다면 그것은 놀이와 오락이 아닐까? 돛에 바람을 가득 안고서 즐거움을 찾아 나선 것까지는 좋았으나 문득 정신을 차리고 보면 방향을 가늠할 나침반도 없거니와 키를 잡는 데 필요한 지식도 없다. 결국 목적지인 참다운 즐거움에 도달하지도 못하고 명예롭지 못한 상처를 안고 허우적거리면서 항구로 되돌아오고 만다.

이 말이 오해의 소지가 될지도 모르겠다. 하지만 나는 금욕주의자처럼 즐거움을 혐오하고 싫어하는 사람도 아니고, 쾌락에 빠져서는 안 된다고 설교하는 목사도 아니다. 오히려 나는 쾌락주의자에 가깝다. 따라서 네게도 마음껏 놀라고 권하고 싶다.

너는 어떤 놀이를 즐기는지 궁금하구나. 마음에 맞는 친구들과 큰돈을 걸지 않는 카드놀이를 즐기는지, 쾌활하고 품위 있는 사람들과 편안한 마음으로 하는 식사를 즐기는지. 그리고 배울 점이 많은 사람들과 친하게 지내려는 노력은 하고 있는지.

나를 친구라고 생각하고 무엇이든 거리낌 없이 이야기해 주기 바란다. 너의 놀이를 일일이 검열하는 서투른 간섭을 하겠다는 것이 아니다. 다만 인생의 길잡이 역할을 하고 싶을 뿐이란다.

젊은이는 자칫 자신의 기호와는 관계없이 외형적인 면에 빠져서 놀이를 선택하기 쉽다. 극단적인 경우 무절제야말로 참다운 놀이의 본질이라는 착각을 하기도 한다. 예를 들어 술은 확실히 심신에 나쁜 영향을 끼치는데도 훌륭한 놀이라고 생각하는 사람이 많다. 또한 무일푼이 될 정도로 큰돈을 잃기도 하는 도박이나 건강을 해쳐 가면서까지 여색을 탐하는 것을 재미있는 놀이라고 생각하기도 한다.

너도 알다시피 지금 내가 예로 든 것들은 모두 쓸모없는 놀이들이다. 그런데도 이런 쓸모없는 놀이가 많은 젊은이들

의 마음을 사로잡고 있단다. 깊이 생각해 보지도 않고 남들이 하는 대로 그대로 받아들이기 때문이다.

네 나이 때 놀이에 열중하는 것은 지극히 당연하고, 놀고 있는 모습이 가장 어울리는 것도 사실이다. 그렇지만 젊기 때문에 놀이의 대상을 잘못 선택한다거나 그릇된 방향으로 돌진할 우려도 많다. 요즘 '놀기 좋아하는 한량'이 젊은이들에게 선망의 대상이 되고 있다. 그러나 과연 그들은 자신의 인생에 있어서의 종착역이 어디인지를 알고도 무절제하게 놀기만 할 수 있을까?

예전에 한 젊은이가 멋진 한량이 되어 볼 생각으로 몰리에르 원작의 번역극 '몰락한 방탕아'를 보러 갔다. 주인공의 방탕한 모습이 매력적이라고 생각한 이 젊은이는 자신도 그렇게 되기로 결심했다. 친구들이 '몰락한 방탕아'는 말고 그저 '방탕아' 정도로 만족하는 것이 좋지 않겠느냐고 설득했지만 그는 막무가내로 이렇게 말했다.

"안 돼. '방탕아'만으론 안 돼. 몰락하지 않으면 완전한 방탕아가 될 수 없어."

과장된 소리로 들릴지 모르지만 많은 젊은이들이 한때의 방탕은 있을 수 있는 일이라는 잘못된 생각에 빠져 있단다. 그들은 형식에만 사로잡혀 스스로 생각 없이 닥치는 대로 놀이에 뛰어든다. 그리고 마지막에는 정말로 '몰락해' 버리는 것이다.

네가 즐겨 하는 오락에 대해 생각해 보아라. 그 놀이를 계속하면 어떻게 될 것인지, 어떤 이익을 얻게 되는지, 그리고 그 놀이를 계속할지 말지 현명하게 판단하기를 바란다.

만약 지금 내가 네 나이로 돌아가 지금까지의 경험을 그대로 살려서 다시 한번 살아 볼 수 있다면 어떤 것을 하게 될까? 우선 외견상 즐겁게 보이는 것이 아니라 정말로 즐거운 것만을 하겠다. 그중에는 친구와 식사를 하거나 포도주를 마시거나 하는 일도 물론 포함된다. 그러나 괴로울 정도의 과식을 한다거나 과음을 하지는 않겠다.

20대에 다른 사람들 눈치를 보며 살 필요는 없다. 자기 방식을 강요한다거나 상대를 비난해 미움을 살 필요도 없다. 타인은 타인대로 내버려 두면 된다. 그러나 자신의 건강에 대해서만은 반드시 주의를 기울여야 한다.

내가 네 나이로 돌아간다면 또한 도박도 가볍게 하겠다. 고통을 받기 위해서가 아니라 즐기기 위해서. 아주 적은 돈을 걸고 여러 종류의 친구들과 즐기는 것이다. 그렇게 사회성을 기르는 것도 중요한 일이다. 다만 내기에 거는 돈만큼은 신중하게 생각해야 한다. 이기든 지든 생활에 지장이 없을 정도로 소액이어야 한다. 물론 도박에서 이성을 잃고 싸움을 벌이는 일은 절대로 있어서는 안 된다.

독서에도 시간을 좀 더 내겠다. 이 점은 앞서 충분히 이야기했기 때문에 너도 잘 알 것이다. 그리고 분별 있고 교양 있는 사람과의 대화를 위해서도 시간을 남겨 두겠다. 가능하면 나보다 우수한 사람이 좋을 것이다.

사교계의 사람들과도 남녀를 불문하고 자주 만나고 싶다. 대화의 내용은 그다지 알차지 못하더라도 분명히 사람을 대하는 태도 등 여러 가지 배워야 할 점이 많을 것이다.

다시 한번 네 나이에서 인생을 재출발할 수 있다면 나는 지금 말한 바와 같은 즐거움을 맛보고 싶다. 모두가 분별 있는 것들이라고 생각되지 않니? 그리고 이런 것이야말로 진정한 놀이라고 할 수 있지 않을까?

참다운 즐거움을 아는 사람은 도박 같은 놀이 때문에 몸을 망치는 일은 없다. 그것을 모르는 사람만이 도박을 즐거움이라고 생각한단다. 술에 취해 휘청거리는 사람과 친구가 되고 싶다고 생각하는 사람이 있겠니? 갚을 능력도 없는 큰돈을 걸고 내기를 하다가 상대방과 싸움을 벌이는 사람을 상대하고 싶어 하는 사람이 과연 있을까? 방탕한 생활 때문에 성병에 감염되어 코가 반쯤 썩고 다리를 질질 끌고 다니는 사람과 친하게 지내고 싶은 사람이 있겠니?

65

방탕한 생활에 제정신을 잃은 사람을 받아들이는 사람은 없다. 설령 받아들여진다 해도 그것은 어쩔 수 없는 상황에나 가능할 것이다.

참다운 놀이를 알고 있는 사람은 품위를 잃는 일이 없다. 적어도 악덕을 본보기로 삼거나 악을 흉내 내는 일은 없다. 만일 불행하게도 부덕한 행위를 하지 않으면 안 될 때라도 겉으로 드러내 자랑하지 않고, 대상을 잘 선택하여 남이 모르게 은밀히 할 것이다.

즐겨야 할 때 즐기고
배워야 할 때 배워야 한다

참다운 놀이로 즐거움을 찾는 것은 바람직한 일이다. 자신에게 맞는 놀이를 찾아내서 마음껏 즐기는 것은 필요하다. 그렇지만 자기 스스로 깨달아야지 남의 흉내를 내서는 안 된다. 무엇이 정말로 즐거운 것인가를 스스로 묻고 즐겁다고 생각되는 것을 해야 하는 것이다.

흔히 아무 생각 없이 무작정 놀이에 빠지는 사람이 있는데 그런 사람은 아무런 기쁨도 맛보지 못한다. 그런 의미에서 고대 아테네의 장군 알키비아데스(아테네의 정치가, 군인)는 현명했다고 생각한다. 확실히 그는 창피를 모르고 온갖 방탕한 짓은 다 했지만, 철학이나 일에도 남보다 더 열심이었다.

줄리어스 시저도 일과 놀이에 균등하게 마음을 썼기 때문에 인생을 능률적으로 살았다. 실제로 수많은 여성들과 연애를 할 정도로 사생활이 복잡했던 시저였지만, 훌륭한 학자로서의 지위에 웅변가로서 최고의 자리에 올랐고, 로마 최고의 지도자로 평가받았다.

놀기만 하는 인생은 바람직하지 않을 뿐만 아니라 아무런 재미도 없다. 매일 열심히 일에 매달린 사람만이 놀이를 통해 즐거움을 찾을 수 있는 것이다. 뚱뚱한 대식가나 창백한 얼굴의 술주정뱅이, 혹은 혈색이 나쁜 호색가는 진심으로 놀이를 즐기는 것이 아니다. 이런 사람은 거짓된 미신에 빠져 자기의 정신과 육체를 바치고 있는 것과 마찬가지다.

지적 수준이 낮은 사람은 쾌락만을 추구하느라 품위 없는 놀이에 열중하기 쉽다. 한편 지식 수준이 높은 사람들, 좋은 친구들이 많은 사람들은 위험이 적고 세련된 자연스런 놀이, 적어도 품위를 잃지 않는 놀이에서 즐거움을 찾는다.

양식이 있는 훌륭한 사람은 놀이가 목적이 되어서는 안 된다는 것을 알고 있고, 또한 놀이를 목적으로 삼지 않는 법이다. 그들은 놀이가 단순히 편히 쉬는 위안이며 보상에 불과하다는 것을 알고 있다.

당부하고 싶은 것은 일과 놀이 시간을 분명하게 나누어 두라는 것이다. 공부나 일을 하거나, 지식인이나 명사와의 대화 등은 아침 시간이 좋다. 그리고 일단 저녁 식사 이후는 휴식 시간으로 느긋하게 즐겨라. 웬만큼 긴급한 일이 아닌 이상, 자기가 좋아하는 일을 하면서 즐기면 된다. 마음 맞는 동료와 카드를 하는 것도 좋다. 상대방이 절도 있는 사람들 이라면 화목하고 즐거운 게임을 할 수 있을 것이다. 다소의 실수가 있더라도 싸움을 벌이는 일은 없을 것이다.

연극을 보러 가는 것도 좋고, 음악회에 가는 것도 좋다. 춤과 식사, 혹은 친구와의 잡담도 좋다. 틀림없이 만족할 만한 저녁 시간을 보내게 될 것이다. 물론 매력적인 여성에게 뜨거운 시선을 보내는 것도 좋은 일이다. 상대가 너를 받아들이느냐 그렇지 않느냐는 너의 수완에 달려 있으니 기대를 걸어 보라고 말하고 싶구나. 다만 너의 품위를 떨어뜨리고, 나아가서 너를 파멸시키는 여성은 피해야 한다. 지금 말한 것들이 정말로 분별 있는 사람, 참다운 놀이를 알고 있는 사람이 즐기는 방법이다.

오전 시간 내내 집중해서 착실하게 공부를 계속해 나가면 1년 후에는 상당한 지식을 얻게 될 것이다. 한편 저녁 시간에 이루어지는 친구와의 교제도 너에게 또 하나의 지식, 즉 세상에 관한 지식을 제공해 줄 것이다. 아침에는 책에서 배우고, 밤에는 친구에게 배워라. 이것을 실천하자면 한가하게 보낼 시간이 없을 것이다.

이와 같이 아침에는 공부, 밤에는 놀이로 시간을 구분하고, 놀이도 자기만의 것을 자기 스스로 선택한다면 훌륭한 사회인으로서 인정받게 될 것이다.

나도 젊은 시절에는 참으로 잘 놀았고, 여러 사람들과 자주 사귀었다. 나만큼 그런 일에 시간과 노력을 쏟아 버린 사람도 없을 것이다. 하지만 어떻게든 공부하는 시간만은 철저하게 지켰다. 아무리 해도 그 시간이 모자랄 때는 수면 시간을 줄였다. 전날 밤 아무리 늦게 잠자리에 들었어도 다음 날 아침엔 반드시 일찍 일어났다. 이렇듯 공부하는 시간을 고집스럽게 지켜온 것이 벌써 40년 이상이 되었구나. 너에게 나와 똑같은 생각을 가져야 한다고 말할 생각은 없다. 그런 의미에서 아버지라기보다는 친구로서 조언을 한 것이니 새겨듣기 바란다.

열심히 할 수 없다면
시도하지 않는 것이 낫다

얼마 전에 하트 씨로부터 편지를 받았다. 네가 무척 잘하고 있다는 내용이었다. 내가 얼마나 기쁘게 여기고 있는지 짐작도 못 할 것이다. 그렇지만 만일 장본인인 너의 기쁨이 내 기쁨의 절반에도 미치지 못하고 있다면 나는 무척 당황할 것이다. 나는 만족감과 자부심이야말로 스스로 면학에 열중하게 하는 원동력이라고 생각하기 때문이다.

하트 씨는 편지에서 네가 공부하는 자세가 제대로 되어 있고, 이해력뿐만 아니라 응용력까지도 향상되었다고 말하고 있다. 네 실력이 그 정도까지 되었으니 이후에는 즐거움이 있을 뿐이다. 그리고 그 즐거움은 노력하면 할수록 더 커질 것이다.

무엇인가를 할 때에는 그것이 무엇이든 간에 그 일에만 집중하는 자세가 중요하다. 그 외의 것은 생각해서는 안 된다. 공부뿐만 아니라 노는 것에 있어서도 마찬가지다. 놀이도 공부와 마찬가지로 열심히 하기 바란다. 어느 쪽도 열심히 하지 못하는 사람은 양쪽 모두 발전할 수 없고, 어느 쪽에서도 만족감을 얻을 수 없을 것이다. 어떤 상황에 마음을 집중하지 못하는 사람이나 잡다한 일을 머리에서 털어 내지 못하는 사람은 일도 제대로 할 수 없을 것이고, 놀이에도 열중하지 못할 것이다.

파티나 회식 석상에서 누군가가 머릿속으로 기하학 문제를 풀려고 애쓰고 있다고 상상해 보자. 그 사람은 함께 있어도 전혀 즐겁지가 않을 것이고, 또한 그 자리에 모인 사람들 가운데서 유난히 초라하게 보일 것이다. 또는 서재에서 수학 문제를 앞에 놓고도 머리에 자꾸만 춤곡이 떠올라 혼란해하는 사람은 어떠하냐? 아마도 그 사람은 훌륭한 수학자가 될 수 없을 것이다.

하루 동안에 시간은 충분히 있으므로 한 번에 한 가지 일만 한다면 여러 가지 일을 할 수 있다. 그렇지만 한 번에 두 가지 일을 하면 1년이 주어져도 제대로 하기 어렵다. 과거

법률 고문이었던 위트 씨는 국사를 혼자 도맡아 처리하고도 저녁 모임에 어김없이 참석했을 뿐만 아니라, 사람들과 함께 식사할 시간도 충분히 있었다고 한다. 대체 어떤 식으로 시간을 사용하고 있느냐고 질문을 받은 위트 씨는 이렇게 대답했다고 한다.

"별로 어려울 것은 없소. 한 번에 한 가지씩 일을 처리하죠. 그리고 오늘 할 수 있는 것은 절대로 내일까지 미루지 않습니다. 그것뿐이오"라고.

다른 일에 한눈파는 일 없이 한 가지 일에 확실하게 집중할 수 있는 위트 씨의 능력은 대단한 것이라고 생각한다. 이렇게 할 수 있는 것이야말로 천재라는 확실한 증거가 아닐까? 그와 반대로 침착성 없이 공연히 들뜬 마음으로 집중하지 못하는 것은 보잘것없는 사람이라는 증거가 아닐까?

우리 주변에는 하루 종일 바삐 움직였는데도 잠자리에 들기 전에 생각해 보니 아무것도 한 일이 없다고 말하는 사람들이 있다. 이런 사람들은 두세 시간 독서를 하더라도 눈만 활자를 뒤쫓고 있을 뿐 정신은 다른 데 가 있는 경우가 많다. 그러므로 나중에 무엇을 읽었는지 아무것도 기억할 수 없고 내용을 논할 수도 없다.

사람과 만나서 이야기를 하고 있을 때도 마찬가지다. 그 자리와는 관계없는 것이나 아무 쓸모없는 일을 생각하고 있는 사람들은 스스로 적극적으로 대화에 참여하려고 하지 않기 때문에 당연히 이야기하고 있는 상대를 관찰하는 일도 없고, 대화의 내용을 정확히 파악하지도 못한다. 그리고 그들은, "아니, 잠깐 정신을 놓고 있다가 그만…" 또는 "다른 일에 정신이 팔려서…"라는 말로 체면 유지를 하려고 한다. 이런 사람은 연극을 보러 가더라도 연극은 보지 않고 함께 간 사람들이나 조명에만 신경을 쓴다. 너는 그런 행동을 하지 않도록 해야 한다.

사람과 만나고 있을 때도 공부할 때와 마찬가지로 집중해야 한다. 공부할 때에는 읽고 있는 책에 주의를 집중하고 그 내용을 깊이 생각해라. 사람과 만나고 있을 때는 보는 것, 듣는 것 모두에 주의를 기울여야 한다.

어리석은 사람들이 흔히 말하듯 자기 눈앞에서 상대방이 말한 내용을 "다른 생각을 하다가 잘 알아듣지 못해서…"라는 식으로 변명해서는 안 된다. 왜 다른 생각을 하고 있는가? 다른 생각을 하려면 왜 이곳에 왔는가? 결국 이런 사람들은 '다른 것'을 생각하고 있었던 게 아니라 머리가 텅 비어 있었던 것이다.

정신이 산만해 일을 할 수 없다면 놀이도 잘할 수 없다. 이런 사람은 노는 친구와 함께 있으면 자기도 놀고 있다고 착각하고, 할 일이 있으면 그것만으로 자기는 일을 하고 있다고 착각하고 있는 것이다.

무슨 일이든 열심히 하지 않으면 안 된다. 하는 둥 마는 둥 어중간하게 하는 것은 하지 않는 것만 못하다. 중요한 것은 자기가 하고 있는 일에 집중하는 것이다. 모든 일은 할 가치가 있거나 없거나 두 가지 중 하나다. 중간이란 없다. 일단 '하겠다'고 결심했으면 대상이 무엇이건 눈과 귀를 똑바로 집중시켜야 한다. 들은 말은 한 마디도 놓치지 않겠다는 마음가짐과 눈앞에서 일어난 일은 철저하게 보겠다는 의지가 중요하다.

〈호라티우스〉를 읽고 있을 때에는 그 기록이 맞는지 아닌지를 염두에 두고 읽어야 하는 것이다. 그리고 멋진 표현과 시의 아름다움을 충분히 느끼도록 해라. 책을 읽으면서 머릿속으로 다른 작품을 생각하지 말아라. 책을 읽고 있을 때 생 제르맹 부인의 일을 생각하지 말고, 또한 생 제르맹 부인과 이야기하고 있을 때 책을 생각해서는 안 되는 것이란다.

푼돈이라도 아껴 쓰되
가치 있는 것에는 확실하게 써라

너도 벌써 성인의 대열에
끼게 되었으므로 앞으로 너에게 보내게 될 돈에 대해서 설
명하려고 한다. 내 계획을 알게 되면 너도 지출 계획을 세우
기가 쉬워질 것이다.

나는 학업에 필요한 비용이나 사람과의 교분을 유지하기
위해 사용되는 돈은 단 한 푼도 아깝지가 않다. 반면 쓸데없
는 싸움을 했기 때문에 필요하게 된 돈과, 아무것도 하지 않
고 게으르게 시간을 낭비하는 데 필요한 돈은 절대로 내지
않을 작정이다.

먼저 학업에 필요한 비용이란, 공부에 필요한 책의 구입
이나 우수한 선생에게 교육의 대가로 지불되는 돈을 말한

다. 훌륭한 사람들과 교제하기 위해 체류하게 되는 곳에서 사용하게 되는 숙박비, 교통비, 의류비, 고용인 비용들도 포함될 것이다.

또 사람과의 지적인 교제를 위해 필요한 돈도 아깝지 않다. 이를테면 사기를 당해서는 안 되지만 어려운 사람들을 위한 자선 비용이 해당된다. 신세를 겼던 분들이나 앞으로 신세를 지게 될 분들에게 드릴 선물을 구입하는 비용도 그렇다. 또한 상대에 따라서 필요하게 되는 비용, 즉 연극이나 영화를 관람하는 비용, 사격과 같은 게임에 소요되는 비용, 놀이의 비용, 기타 예상치 못한 비용도 교제를 위한 비용이다.

현명한 사람은 자기의 명예를 손상시키는 행위에 돈을 쓰지 않는다. 현자는 자기에게 도움이 되지 않는 돈은 절대로 쓰지 않기 때문이다. 그런 데에 돈을 낭비하는 자는 어리석은 사람뿐이다. 또 현명한 사람은 돈과 마찬가지로 시간도 헛되게 쓰지 않는다. 단돈 백 원도, 단 일 분의 시간도 헛되이 쓰지 않는다. 현명한 사람은 시간도 돈도 자기 자신과 주변 사람들에게 유익한 것, 지적인 기쁨을 얻을 수 있는 것에 쓴다.

그런데 어리석은 자는 다르다. 어리석은 자는 불필요한

것에 돈을 쓰고 정작 필요한 것에는 돈을 쓰지 못한다. 한 예로 어리석은 자는 가게 앞에 진열되어 있는 코담배 통, 시계, 지팡이의 손잡이 같은 시시한 물건들의 마력에 사로잡히게 되면 곧바로 파멸의 길을 걷는다. 가게 주인이나 점원에게는 어리석은 자의 파멸이 곧 자신들의 이익이다. 따라서 자신들의 이익을 위해 어리석은 자를 속이려 든다. 정신을 차렸을 때 신변은 온통 잡동사니로 가득 차 있게 되며 정말로 필요한 것, 편안한 휴식을 주는 것은 아무것도 살 수 없는 상태가 되고 만다.

돈이라는 것은 아무리 많이 갖고 있어도 돈에 대한 철학을 가지고 사용하지 않으면 정작 필요한 물건조차 살 수 없게 된다. 반대로 아주 적은 돈밖에 없더라도 자기 나름대로 철학을 가지고 사용한다면 최소한의 물건은 살 수 있다.

돈을 지불할 때는 가능한 한 현금으로 직접 지불하는 것이 좋다. 대리인을 통해 지불할 경우에는 수수료나 사례금 같은 것이 지출되기 때문이다. 부득이 '외상'으로 달아 두어야 할 경우에는 반드시 직접 지불하는 것이 좋다.

필요하지도 않은 것을 값이 싸다는 이유만으로 구입하는 일이 없어야 한다. 그것은 절약도 아니다. 오히려 쓸데없는 낭비일 뿐이다. 또한 자존심을 만족시키기 위해 비싼 물건을 사는 것도 옳지 않다.

자기가 산 것, 지불한 대금은 노트에 기록하는 것이 좋다. 돈의 입출 상황을 파악해 두면 파산하는 일이 없다. 이것은 비단 가계에만 한정된 것이 아니고 모든 일에 대해서도 마찬가지다. 관심을 가질 만한 가치가 있는 것에 집중할 필요가 있다. 그렇다고 해서 교통비나 오페라를 보러 가서 사용한 자잘한 액수까지 기록할 필요는 없다. 오히려 그것은 시간과 잉크만 낭비할 뿐이다. 그런 세세한 것은 수전노들이나 하는 짓이다. 쓸데없는 데까지 관심을 가질 필요는 없다.

현명한 사람은 사물을 있는 그대로 파악한다. 그러나 어리석은 자는 마치 현미경으로 들여다보듯이 무엇이든 크게만 본다. 그런 사람에게는 벼룩이 코끼리처럼 보인다. 조그만 것이 크게 보일 뿐이라면 그래도 괜찮다. 가장 최악의 경우 대상이 크면 너무 크게 확대되어 아예 볼 수 없게 되는 것이다.

몇 푼 안 되는 돈을 가지고 인색하게 굴고 그것 때문에 싸움까지 벌이는 사람이 그 좋은 예다. 그들은 자신이 수전노로 불리고 있다는 것을 깨닫지 못한다. 이런 사람은 자신에 대해서도 인색하고, 결국 자신의 주변에 있는 소중한 것들을 보지 못한다.

무슨 일에나 '자신에게 맞는 분수'라는 것이 있다. 건전하고 견실한 정신을 가진 사람은 어디까지가 손이 닿는 범위이고, 어디부터가 손이 닿지 않는 범위인지 알고 있다. 그런데 그 한계선이 모호할 경우 분별 있는 사람은 어떻게든 그 한계선을 찾아내지만, 어리석은 사람의 눈에는 좀처럼 보이지 않는 법이다.

너는 자신의 손이 닿는 범위와 닿지 않는 범위를 분별할 수 있으리라 믿는다. 그러나 그 능력의 한계선에 항상 주의를 기울이기 바란다. 능숙하게 될 때까지는 하트 씨에게 부탁해서 도움을 요청하면 된다. 서커스에서 줄타기의 명수는 있어도 한계선이라는 이름의 줄을 능숙하게 건널 수 있는 사람은 드물다. 그렇기 때문에 자신의 능력을 충분히 발휘하는 사람의 발자취는 더욱 찬란히 빛나는 것이다.

4

자기만의
철학이 있는
젊음을 위해

◇◇◇◇◇◇◇◇◇◇◇◇◇◇◇◇◇◇◇◇◇◇◇◇◇◇◇◇◇◇◇◇◇◇◇

현명한 사람이 어리석은 일을 하기도 하고,
어리석은 사람이 현명한 일을 할 수도 있다.
그날의 기분, 정신 상태에 따라
변하는 것이 인간이다.

역사 공부는
세상을 보는 안목을 키워 준다

프랑스 역사에 대한 너의 고찰은 실로 날카롭기가 그지없었다. 더구나 네가 책을 읽을 때 그 저 내용만을 훑는 것이 아니고 그 내용에 관해서 깊이 분석하고 있다는 것을 알 수 있어서 무엇보다도 기뻤단다.

책을 읽더라도 이해하지도 못한 내용을 머릿속에 단순히 주입시키는 사람이 많다. 그런 사람들의 머릿속은 잡동사니를 쌓아 두는 창고처럼 어수선해서 필요할 때 즉시 꺼내 쓸 수 없다. 책을 읽을 때는 저자의 명성만을 믿고 내용을 무조건 받아들이지 말고 내용이 어느 정도 정확한 것인지, 저자의 고찰이 어느 정도 옳은 것인지 정확히 판단하고 이해해야 한다.

하나의 역사적 사실에 대해서는 여러 권의 책으로 조사해 보고, 거기에서 얻어진 정보를 종합해 자기의 의견을 갖는 것이 좋다. 거기까지가 역사를 공부하는 범위라고 나는 생각한다. 유감스럽지만, '역사적 진실'을 정확히 규명한다는 것은 실제로 불가능하기 때문이다.

역사책을 읽다 보면 역사적 사건의 동기가 기술되어 있는데 그대로 믿어서는 안 된다. 그 사건에 관련된 인물의 사고방식이나 이해관계를 고려해서 저자의 고찰이 옳은지 따져 보아야 한다. 또한 그 밖에 다른 가능성은 없는지 스스로 생각해 보는 것이 중요하다.

비굴하거나 사소한 동기라고 해서 잘라 버려서는 안 된다. 왜냐하면 인간이란 복잡하고 모순투성이인 동물이기 때문이다. 인간은 어떤 일관성을 가지고 있는 것이 아니라 시시각각 변한다. 아무리 훌륭한 사람이라도 보잘것없는 면이 있고, 시시한 사람이라도 훌륭한 면이 있다. 도저히 아무짝에도 쓸모없는 인간이라도 어딘가 장점은 있게 마련이고, 아주 훌륭한 일을 해낼 때도 있다. 그것이 바로 인간이란다.

그런데 역사적 사건의 원인을 규명할 때, 우리는 보다 고상한 동기를 찾아보려고 하는 경우가 많다. 그러나 루터의

종교개혁만 보더라도 루터가 금전욕이 좌절당한 것에 그 원
인이 있다. 그런데도 말만 앞세우기 좋아하는 역사학자들은
역사적 사건뿐만 아니라 평범한 사건까지 깊은 정치적 동기
를 적용시킨다. 이것은 참으로 우스운 일이 아닐 수 없다.

　다시 말하자면 인간은 모순투성이인 존재다. 언제나 고
상한 부분에 의해서만 행동이 좌우되는 것은 아니다. 현명
한 사람이 어리석은 일을 하기도 하고, 어리석은 사람이 현
명한 일을 할 수도 있다. 그날의 기분, 정신 상태에 따라 변
하는 것이 인간이다. 그런데도 역사적 사건의 원인을 고상
한 척 해석하려는 것은 잘못이다.

소화가 잘되는 음식을 먹고, 충분한 수면을 취하고, 맑은 아침을 맞았을 때는 영웅적인 행동을 하는 남자가, 소화가 잘 안 되는 음식을 먹고, 충분한 잠을 자지 못하고, 또한 다음 날 아침에 비가 내렸다는 이유만으로 아주 간단하게 비겁한 겁쟁이 사내로 변해 버릴 수도 있다.

그렇기 때문에 인간이 취하는 행동의 진정한 이유라는 것은 제3자가 아무리 규명하려고 해도 억측에 불과한 것이다. 기껏해야 이러이러한 사건이 있었다고 하는 사실만이 우리가 알 수 있는 것이며, 알았다는 느낌을 가질 수 있는 것이다.

시저는 23명의 음모로 살해되었다. 이것은 의심할 여지가 없다. 그러나 그 23명의 음모자가 과연 진정으로 자유를 사랑하고 로마를 사랑했기 때문에 시저를 살해했느냐 하는 문제가 나오면, 그렇다고 자신 있게 말할 수 있을까?

만일 진상이 해명된다면 사건의 주모자인 브루투스(로마의 정치가, 군인)조차도, 자존심이나 시기심, 원한, 실망 같은 다른 여러 가지 사적인 동기가 원인이었을 수도 있다.

회의적으로 보면 역사적 사실 그 자체마저도 의심스럽게 생각될 때가 있다. 적어도 그 사실과 연관된 배경에 대해서는 거의가 의심스러운 눈으로 보고 있다. 매일매일 자신이 경험하는 것을 생각해 보면 역사라고 하는 것이 얼마나 신빙성이 약한 것인지 금방 알 수 있을 것이다.

예를 들면 최근에 일어난 사건에 대해 몇 사람이 증언을 할 때, 그들의 말이 모두 일치할까? 물론 그렇지 않다. 잘못 생각하고 있는 사람도 있을 것이고, 증언할 때 느낌이 달라지는 사람도 있다. 마음이 변해서 사실을 왜곡해서 말하는 사람도 있고, 그 증언을 기록하는 속기사들 역시 공정하게 받아 적으리라는 보장도 없다. 그런 의미에서 보면 역사학자가 공정하게 쓸지 어떨지는 알 수 없는 일이다. 자기의 지론을 전개하고 싶을지도 모를 일이고 빨리 그 페이지를 끝내고 싶을 수도 있다.

그러므로 역사학자의 이름만 보고 무조건 옳다고 생각해서는 안 된다. 자기 스스로 분석하고 판단해야 한다. 역사 따위는 공부할 필요가 없다는 말이 아니다. 누구나 인정하는 역사적 사실은 역시 존재하며, 사람들 입에 오르내리는 역사책은 반드시 읽어 두는 것이 좋다. 예를 들어 여러 학자들은 시저의 망령이 브루투스 앞에 나타났다고 기록했지만 나는 그런 이야기는 전혀 믿지 않는다. 하지만 그런 말이 화제에 오르고 있다는 사실쯤은 알고 있어야 한다.

이 밖에도 검증되지 않은 역사학자의 주장이 당연한 사실처럼 화제가 되고 책에 기록되는 것들도 있다. 이교도 신학이 그러하다. 주피터, 마르스, 아폴로 등의 고대 그리스 신들도 그렇다. 그들이 실제로 존재했다고 하더라도 기록과는 다르게 평범한 인간이었을지도 모르는 것이다.

아무리 역사에 대해서 회의적이라 하더라도 이와 같이 상식화되어 있는 것은 공부할 필요가 있다. 아니, 오히려 역사는 인간이 세상을 살아가는 데 있어 다른 어떤 공부보다도 필요한 것인지도 모른다.

과거에 그랬다고 해서 현재도 그렇다고 단정적으로 말해서는 안 된다. 과거의 예를 들어 현재의 당면 문제를 검토하는 것은 좋지만, 그러려면 신중을 기해야 한다.

과거에 일어난 사건의 진상은 아무리 노력해도 알아낼 도리가 없다. 기껏해야 '추측'이 고작이다. 무엇이 원인이었는지 명확히 알 수 없는 것이다. 우선 과거의 증언은 현재의 증언과 비교하면 훨씬 불확실하다. 또한 시대가 오래되면 오래될수록 신빙성도 희박해진다.

위대한 학자들 중에는 공사를 불문하고 비슷하다는 이유만으로 무턱대고 과거의 사례를 끌어다 대는 사람이 있다. 그러나 이것은 어리석은 행동이다. 그들은 생각해 본 적도 없겠지만, 천지창조 이래 이 세상에 똑같은 사건은 일어날 수도 없고 일어난 예도 없다. 게다가 어떤 역사가라 하더라도 사건의 전모를 완벽히 기록한 사람은 없으므로 그것을 근거로 한 논쟁은 무의미한 것이다.

그러므로 옛날 학자가 기록했고, 시인이 썼다는 이유만으로 함부로 예를 들어 인용해서는 안 된다. 사건은 하나하나가 모두 다른 것이므로 따로따로 논해야 한다. 비슷하다는 것과 똑같은 것은 의미가 다르기 때문이다. 어디까지나 참고로 삼는 데 그쳐야 하는 것이지 판단의 근거로 삼아서는 안 된다.

역사를 보는 눈은
책과 사람들 속에서 키워진다

과거의 역사를 공부하는 것은 정말로 중요하다. 널리 알려진 역사적 사실은 신용할 수 있는 역사학자의 책을 읽고 공부하는 것이 좋다. 그것이 옳든 그르든 우선 지식으로 익혀 두는 것이 중요하다.

그렇다면 역사를 어떻게 공부해야 하는지가 문제가 되는데, 시간과 노력을 절약하기 위해 역사적 대사건을 중심으로 공부하고 나머지는 대충 훑어보는 식의 공부를 하는 사람이 있는가 하면, 어느 사건에나 똑같이 노력을 쏟아 공부하는 사람도 있다. 너는 어떤 방식으로 공부를 하고 있니?

그런데 나는 위와는 다른 방법을 권하고 싶다. 우선 나라별로 간단한 역사책을 읽고 개략적인 개요를 파악하는 것이

다. 그러고는 그것과 병행해서 특히 중요한 포인트, 이를테면 어디를 정복했다거나, 왕이 바뀌었다거나, 정치 형태가 바뀌었다는 등의 사건을 뽑아낸다. 마지막으로, 뽑아낸 사건에 대해 자세히 씌어 있는 논문이나 서적을 읽고 공부하는 것이다. 그때 자기 스스로 깊이 통찰하는 것이 중요하다. 원인을 캐내고 그것이 어떤 영향을 끼쳤는지 파악하는 것이 무엇보다 중요하다.

르 장드르가 쓴 역사책은 프랑스의 역사에 대해서는 대단히 짧지만 아주 잘 쓰여 있다. 네가 그것을 정확히 읽는다면 프랑스의 역사를 대체로 알게 될 것이다. 그리고 메제레이의 역사책은 역사적으로 중요한 순간들을 파악하는 데 도움이 될 것이다. 그 밖에도 참고가 될 만한 책은 얼마든지 있다. 하나하나의 시대나 사건에 대해서 자세히 기술하고 있는 역사책뿐 아니라, 정치적 관점으로 쓴 논문들도 참고가 될 것이다.

근대의 역사책을 보자면 필립 드 코민Philippe de Commynes(프랑스의 작가, 정치가)의 회고록을 비롯해 루이 14세 시대에 쓰인 많은 역사책들이 도움이 될 것이다. 여러 가지를 골라 읽으면 한 시대와 사건에 대해 다양한 관점에서 알 수 있을 것이다.

그 외에 역사와 같은 딱딱한 이야기를 화제로 해서 대화해 보는 것도 한 가지 방법이다. 만일 역사 이야기를 화제에 올릴 수 있는 재주가 있다면, 프랑스의 다양한 계층의 사람들과 만났을 때 한번 시도해 보아라. 역사를 잘 모르는 사람이라고 하더라도 자기 나라의 역사를 전혀 모르지는 않을 것이다. 설령 역사책이라고는 한 권밖에 읽지 않았더라도 그것을 자랑으로 생각하고 기꺼이 이야기에 응해 줄 것이다. 특히 그 나라 여성들은 그런 종류의 책을 많이 읽고 있으니 틀림없이 참고가 될 것이다.

책에서는 얻을 수 없는 것을 현지 사람들을 통해 얻을 수 있으며 그런 경험은 때때로 보다 많은 지식을 제공해 주기도 한단다.

두 번 읽을 가치가 없는 책은
한 번 읽을 필요도 없다

세상은 한 권의 책과도 같다. 지금 내가 너에게 이야기하고 싶은 것은 바로 사회라는 책에 관해서다. 사회에서 얻는 지식은 지금까지 출판된 모든 책을 합친 지식보다 훨씬 많은 도움을 줄 것이다. 그러니 훌륭한 사람들의 모임이 있을 때는 아무리 훌륭한 책이라도 접어 두고 나가는 것이 좋다. 그쪽이 몇 배 더 나은 공부가 된다.

일이나 오락 등 바쁘게 살고 있는 우리들이지만, 잠시 숨을 돌릴 수 있는 자유로운 시간이 조금은 있는 법이다. 그리고 그런 시간에 책을 읽는 것이야말로 더할 나위 없는 안식이며 기쁨이다. 얼마 안 되는 짧은 시간을 이용해 효과적으

로 책을 읽으려면 어떻게 해야 하는지 몇 가지 말해 주겠다.

우선 쓸모없는 따분한 책으로 시간을 소비하는 행동은 하지 않는 것이 좋다. 그런 책은 나태한 저자가 역시 나태하고 무지한 독자를 노리고 쓰는 경우가 많기 때문이다. 이런 책은 독약과 같아서 정신에 전혀 도움이 안 된다.

책을 읽을 때는 목표를 세우고 그 목표를 달성할 때까지는 다른 책에 손을 대지 말아야 한다. 예를 들어 현대사 가운데서도 특히 중요하고 흥미를 끄는 시대를 몇 개 뽑아 놓고 그것을 차례대로 읽어 나가는 방법은 어떨까?

베스트팔렌 조약(영어로 웨스트팔리아 조약)에 초점을 맞추었다면 그에 관한 책 이외의 것에는 일절 손을 대지 말고 신뢰할 수 있는 역사책이나 문서, 회고록, 문헌 등을 차례로 읽고 비교해 보는 것이다.

그렇다고 이런 종류의 연구에 몇 시간씩 시간을 소비하라는 말이 아니다. 좀 더 다른 방법으로 자유로운 시간을 효과적으로 사용할 수 있다면 그것도 좋다. 다만 같은 독서를 할 바에는 한꺼번에 몇 가지 테마를 추구하기보다는 하나로 압축해 체계적으로 추구하는 것이 능률적이라고 생각한다.

여러 가지 책을 읽어 나가다 보면 내용이 상반되거나 모순되는 것도 발견하게 될 것이다. 그럴 때는 다른 책과 대조해 보는 것이 좋다. 오히려 내용을 분명하게 파악하게 될 것이다.

책의 내용이 선뜻 머리에 들어오지 않을 때가 있을 것이다. 하지만 같은 내용이 우연히 정치가들 사이에서 화제가 된다거나 논쟁의 표적이 될 때, 그것에 대해 사람들로부터 이야기를 들으면 책만으로는 파악할 수 없었던 것이 쉽게 머릿속으로 들어오기도 한다. 그렇게 해서 얻은 지식은 의외로 완벽한 것이 되어 여간해서는 잊어버리지 않을 것이다. 사건이 일어났던 현장으로 직접 찾아가서 이야기를 듣고 오는 것도 그런 의미에서는 좋은 일이다.

사회인이 되고 나서의 책을 읽는 방법에 대해 내가 하고 싶은 말은 다음 몇 가지 항목으로 요약할 수 있다.

❶ 사회로 한 걸음 내디딘 지금, 많은 책을 읽을 필요는 없다. 그보다는 여러 계층의 사람과 얘기를 나눔으로써 정보를 모으는 편이 훨씬 낫다.
❷ 무익한 책은 더 이상 읽지 말도록 해라.
❸ 하나의 테마로 압축하고 그것에 관련된 책을 읽어라.

위에 지적한 사항을 잘 지킨다면 하루 30분의 독서만으로도 충분할 것이다.

여행이 끝나면
현명해지는 여행자가 되어라

　　　　　　　　　　네가 베니스에서 로마로 갈 채비를 하고 있을 때쯤 이 편지가 너에게 전달될 것 같구나. 지난 편지에 이미 하트 씨에게도 부탁드렸듯이, 로마까지는 아드리아 해를 따라 리미니, 로레토, 안코나를 거쳐서 가려무나. 그 근처에는 고대 로마의 유물, 이름이 널리 알려진 건축물과 회화, 조각 들이 많이 있어, 어느 것 하나 놓칠 수 없으니 유념하여 보고 오너라. 그렇게 많은 시간이 걸리지는 않을 것이다.

　어느 고장이나 들러 볼 가치는 있다. 그러나 오래 머무를 정도는 아니다. 가서 보는 것만으로도 충분하다. 반면 내부나 내면을 살펴야 하는 것들은 좀 더 많은 시간과 주의 깊은 관찰력이 필요하다.

'보더라도 보이지 않고, 듣더라도 들리지 않는다'라는 말이 있다. 이것은 경박하고 주의가 산만하며 무슨 일에나 무관심하다는 것을 의미한다. 이처럼 젊은이들의 경우 종종 수박 겉핥기식으로 보거나 주의를 기울이지 않고 듣는다. 그러나 이것은 차라리 보거나 듣지 않은 것만 못하다는 것을 알아야 한다.

네가 보내 준 너의 여행기를 읽어 보니, 너는 여행을 간 곳곳마다 신중하게 관찰하고 있고, 끊임없이 의문을 품는 듯해서 무척 기뻤다. 그것이야말로 여행의 진정한 목적이기 때문이다.

여행을 하더라도 목적지를 전전할 뿐, 다음 목적지까지 어느 정도나 걸리고 숙소는 어딘가 하는 쓸데없는 데 정신이 팔려 있는 사람은 여행 후에 변화를 기대할 수 없다. 출발했을 때 바보였다면 돌아와서도 역시 바보인 것이다. 가는 곳마다 교회의 첨탑이나 시계, 호화 저택을 보고 탄성을 지를 뿐이라면 얻는 것은 아무것도 없다. 차라리 그 정도라면 아무 데도 가지 않고 집에 있는 편이 훨씬 낫다.

반면에 어디를 가든 그 지방의 정세나 다른 지방과의 역학관계, 약점, 교역, 특산물, 정치 형태, 헌법 등을 꼼꼼히

관찰하고 오는 사람이 있다. 그 지방의 훌륭한 사람들과 교
유를 돈독히 하고, 그 지방의 독특한 예절이라든가 인간성
을 터득하고 오는 사람도 있다. 여행을 해서 득이 되는 사람
은 바로 이런 사람들이다. 그리고 이런 사람들은 여행하기
전보다 더욱 현명한 사람이 되어 돌아온다.

로마는 갖가지 모양으로 표현된 인간의 감정이 생생하고
도 훌륭하게 예술로 승화되어 있는 도시다. 그런 도시는 세
계적으로 흔치 않다. 그러므로 로마에 머무르고 있을 동안
에는 카피톨이나 바티칸 궁전, 또는 판테온을 구경하는 것
에만 만족해하지 않도록 해라.

1분의 관광을 위해서 열흘 동안 갖가지 정보를 수집하는
노력을 하기 바란다. 로마 제국의 본질, 교황 권력의 성쇠,
궁정의 정책, 추기경의 책략, 교황 선출을 둘러싼 뒷이야기
등등, 절대적이던 로마 제국의 본질에 관한 것이라면 무엇
이든 좋다. 깊은 내용을 알고서야 보다 많은 것을 얻을 수
있기 때문이다.

지방마다 그 지방의 역사와 현재의 모습에 대해 간단하
게 소개한 소책자가 있다. 그것을 먼저 읽어 보는 것이 좋
다. 부족한 부분도 있지만 지침은 될 수 있을 것이다. 좀 더

자세히 알고 싶은 부분이 있으면, 그 고장 사람에게 직접 물어보는 것이 좋다.

그렇다. 모르는 점에 대해서는 그것을 잘 알고 있는 사려 깊은 사람에게 물어보는 것이 제일 좋은 방법이다. 책의 내용이 아무리 자세하다 하더라도 완벽한 정보를 얻기는 어려운 일이다.

영국에도 역사와 현황 등에 대해서 자세하게 설명해 놓은 책이 여러 권 나와 있다. 프랑스도 마찬가지다. 그러나 이런 책들은 정보로서는 완전하지 않다. 그것은 그 분야에 별로 정통하지 않은 사람들이 썼거나, 그런 사람들이 쓴 책에서 내용을 그대로 옮겨 놓았기 때문이다.

그렇다고 해서 읽을 가치가 전혀 없다는 얘기는 아니다.

그 책을 읽지 않았더라면 아예 알지 못했을 테니 말이다. 혹시 그 나라의 내정에 대해 궁금증이 생기면 국회의장이나 의원에게 질의서를 보내는 것도 좋은 방법이다. 프랑스 전체의 책을 모두 긁어모아도 알 수 없는 프랑스 의회의 내정에 대해 조금이라도 알게 될 것이다.

사람은 대개 자신의 직업에 애착을 가지고 있기 마련이다. 자신의 관심사인 직업에 관한 이야기를 하면 싫어하지는 않을 것이다. 더구나 자기 직업에 대해서 무엇인가 질문을 받게 되면 신이 나서 계속 떠들어 댈지 모른다. 그러므로 만일 군대에 대한 지식을 얻고 싶다면 장교에게 물어보면 좋을 것이다. 훈련법, 야영 방법, 군복의 배급 방법 또는 급료, 부수입, 검열, 야영지 등 알고 싶은 것은 무엇이든 물어보아도 좋다.

마찬가지로 해군에 관한 정보도 모아 보면 좋을 것이다. 지금까지 영국은 프랑스 해군과 항상 깊은 관계를 유지해 왔다. 앞으로도 그 관계는 지속될 것이며, 알아 두어서 손해될 것은 없을 것이다. 해외에서 직접 몸으로 익힌 정보가 영국으로 돌아왔을 때 얼마나 너를 돋보이게 하고, 또한 실제의 해외 교섭에 얼마나 큰 도움이 될지 생각해 보아라. 네가 상상하는 것 이상의 도움이 될 것이다.

로마에서는
로마 사람이 되어야 한다

하트 씨는 편지마다 너를
칭찬하는 말을 적잖이 쓰기는 하지만 이번 편지는 특히 기
쁘더구나. 편지에는 로마에 있는 동안 네가 이탈리아 사람
의 기존 사회에 융화되기 위해 줄곧 노력했고, 더구나 한 영
국 부인의 제의로 결성된 영국인 클럽의 가입 제의를 거부
했다고 적혀 있었다. 이것은 분별 있는 행동이었다. 내가 너
를 외국으로 보낸 취지를 잘 이해하고 있는 것 같아 매우 칭
찬해 주고 싶구나. 이런 분별 있는 행동을 어느 나라에 가더
라도 계속해 주기 바란다. 여러 나라의 사람들과 사귀는 것
이 한 나라의 사람들만 아는 것보다 훨씬 유익하단다.

파리에서는 30명이 아니라 3백 명 이상의 영국인이 살고

있는데, 그들은 프랑스인과 이야기를 나누는 일도 없이 자기네들끼리만 무리를 지어 생활하고 있다고 한다. 파리에 체류하고 있는 영국 귀족들의 생활상은 대개 비슷비슷하다. 우선 아침에는 늦게까지 이불 속에 누워 있다. 일어나면 즉시 아침 식사를 하는데, 보통 친구들과 같이한다. 이것으로 오전의 두 시간을 허비한다. 식사가 끝나면 마차가 기울어질 정도로 올라타고 궁전이나 노트르담 사원으로 몰려 나간다. 그리고 저녁에는 레스토랑에 들어가 저녁을 겸한 즉석 술 파티를 한다.

식사 후에는 술잔을 놓고 줄줄이 극장으로 향한다. 극장에서는 바느질은 형편없지만 옷감만은 최고인 값비싼 옷을 입고 무대 바로 앞에 앉는다. 연극이 끝나면 모두는 또다시 술집으로 몰려간다. 그리고 이번에는 코가 비뚤어지도록 술을 마시고는 말다툼을 하거나 거리로 나와서 싸움을 벌이기도 하여 결국에는 경찰에게 붙잡히는 신세가 되기도 한다.

이런 생활의 반복으로는 프랑스어를 익힐 수가 없다. 또 원래도 없었던 지식이 늘어날 리 없다. 그래도 외국물을 마셨다고 자랑하고 싶은 마음만은 남들 못지않아서, 귀국한 뒤에는 아무 데서나 서투른 프랑스 말을 지껄이거나 프랑스식을 흉내 내며 지내기 일쑤다. 그러나 엉터리일 수밖에 없다. 이래 가지고서는 해외 생활을 오히려 안 한 것만 못하게 된다.

이렇게 되지 않도록 너는 프랑스에 있는 동안 프랑스인과 사이좋게 교제하길 바란다. 노신사는 좋은 본보기가 되어 줄 것이고, 젊은 사람은 함께 어울리기 좋은 동료가 되어 줄 것이다.

하지만 고작 일주일이나 열흘 정도 마치 철새처럼 잠시 머무르는 것만으로는 자기가 즐기는 것은 물론이고 상대방과 친근해지는 것을 바랄 수 없다. 상대방도 역시 그렇게 짧은 시간에 친구가 되는 게 부담스러울 것이다. 그러나 몇 개월 정도 체류하게 된다면 이야기는 달라진다. 사귈 시간이 충분하면 자연히 '타지 사람'이라는 선입관은 없어지는 것이다.

어디를 가든 그곳 사람들과 허물없이 마음을 터놓고 사귀고, 그곳 사회에 끼어들어 그곳 사람들의 참모습을 보도록 노력해라. 그것이 여행의 참다운 즐거움이다.

이것은 그 지방의 관습을 알고, 예절과 접하고, 다른 고장에는 없는 특성을 파악하는 유일한 방법이기도 하다. 이것은 단 30분간의 형식적인 방문으로는 얻을 수 없는 것들이다.

세계 어느 곳이나 인간이 가지고 있는 본래의 성질은 동일하다. 단지 그것을 어떻게 표현하느냐에 따라 달라질 뿐이다. 그것은 지방에 따라, 환경에 따라 다른 형태로 나타난다. 우리는 그 갖가지 형태를 골고루 접해 볼 필요가 있다.

예를 들면 '야망'이라는 감정은 누구나 가지고 있는 것이지만 그것을 만족시키는 수단은 교육이나 풍습에 따라 각기 다르다. 예의를 갖추는 마음도 기본적으로는 누구나 가지고 있는 감정이다. 그러나 그 마음을 어떻게 표현하느냐 하는 문제에 이르면 나라마다, 고장마다 차이가 있다.

영국의 국왕에게 절을 하는 것은 경의를 표현하는 것이 되지만, 프랑스 국왕에게 절을 하는 것은 실례가 된다. 황제에게는 고개를 숙여 절을 하는 것이 원칙이다. 전제 군주 앞에서는 땅바닥에 엎드려야만 하는 나라도 있다. 이처럼 예절은 그 지역에 따라, 시대에 따라, 사람에 따라 다르다.

아무리 현명한 사람이라도 그 지방 특유의 예의범절을

배우지 않고서는 제대로 표현할 수 없다. 그것을 할 수 있는 사람은 그 지방에 가서 직접 눈으로 보고 몸으로 체험한 사람뿐이다.

예절은 이성이나 분별로는 설명할 수 없고, 우연한 계기로 인해 생겨난 것이라고 본다. 그렇지만 그것이 거기에 엄연히 존재하고 있는 이상 그것을 따라야 할 것이다. 왕이나 황제에 대한 예의만을 얘기하고 있는 것이 아니다. 모든 계층 속에는 관습과 같은 보이지 않는 규범이 존재한다. 그러니 그것에 따르는 편이 좋다는 말이다. 네가 알고 있는 예절과 다르다고 해서 그 고장의 관습을 무시해서는 안 된다.

예를 들면, 누군가의 건강을 기원하는 의미에서 건배를 한다는 것은 분명히 바보스러운 짓이지만, 대부분의 지역에서 볼 수 있는 장면이다. 내가 한 잔의 포도주를 마시는 것과 누군가의 건강은 서로 아무 관계가 없다. 그러나 내 생각으로는 너 역시 그런 상식이나 관습에 따르는 편이 좋다고 생각한다.

다른 사람들에게 예의를 지키고 좋은 인상을 갖게 하는 것은 상식적인 행동이다. 그렇지만 때와 장소, 사람에 따라 예의를 갖추는 방식은 실제로 눈으로 보고 몸으로 익히지 않는 한 알 수 없다. 다른 문화와 풍습, 예의범절 등을 편견

없이 익히는 것이 올바르게 여행하는 자세란다.

　분별력이 있는 사람은 어디를 가든 그 지방의 풍습을 익히고 그것을 따르려고 한다. 전 세계 어디를 가든 마찬가지다. 도덕적으로 용납될 수 없는 것이 아닌 한, 어떤 것이라도 그 지방의 것을 따르는 편이 좋다.

　그때 가장 도움이 되는 것이 적응력이다. 적응력은 때와 장소에 알맞게 태도를 결정할 수 있는 능력이다. 진지한 사람에게는 진지한 얼굴로 대할 수 있고, 명랑한 사람에게는 밝게 응하고, 보잘것없는 사람은 적당히 상대한다. 이러한 능력을 몸에 익히도록 힘껏 노력해 주기 바란다.

　너는 네가 방문하는 지방의 존경받는 사람들과 친교를 맺음으로써 그 지방의 인물로 변신할 것이다. 그렇게 되면 너는 이미 영국 사람이 아니다. 프랑스 사람도, 이탈리아 사람도 아니다. 유럽 사람이 되는 것이다. 여러 지방의 좋은 풍습을 겸허하게 받아들여 파리에서는 프랑스 사람, 로마에서는 이탈리아 사람, 그리고 런던에서는 영국 사람이 되도록 해라.

　너는 이탈리아어가 서투르다고 생각하고 있는 것 같더구나. 하지만 프랑스 귀족들을 보아라. 그들은 깨닫지 못하지만 대화를 할 때 훌륭한 산문을 읊조린다. 그와 마찬가지로 너도 깨닫지 못하고 있지만 훌륭하게 이탈리아어를 익히고 있는 것이다. 우선 너만큼 프랑스어, 라틴어에 정통하고 있다면 이미 이탈리아어의 절반은 알고 있는 것이나 다름없다. 사전 같은 것은 거의 들춰 볼 필요성을 느끼지 않을 것이다.

다만 숙어나 관용구, 미묘한 표현의 차이 등은 현지에서 실제 대화로 배우는 것이 좋다. 상대방의 말을 주의 깊게 듣고 있으면 그런 것은 쉽게 몸에 익혀진다. 그러니 잘못된 말이건 아니건 구애받지 말고 계속해서 사람들에게 말을 걸어 보도록 해라.

프랑스어로 '안녕하세요'라고 인사하는 대신 이탈리아어로 말해라. 그럼 상대방은 이탈리아어로 대답해 줄 것이다. 처음에는 잘 알아듣지 못하겠지만 주의 깊게 듣고 익히는 사이 자신도 모르게 어느 사이엔가 이탈리아어를 잘할 수 있게 됐음을 깨달을 것이다. 이탈리아어는 의외로 쉽게 배울 수 있는 언어란다.

여러 가지 이야기를 했지만 너를 해외로 내보낸 이유는 이런 것을 몸에 익히기를 기대했기 때문이다. 어디를 가든 관광만으로 만족하지 말고 그 고장의 깊숙한 곳까지 꼼꼼히 보고 오기 바란다. 현지 사람들과 친밀한 교제를 나누어 관습, 예절 등을 익히고 현지의 말을 배우기 바란다. 그렇게만 되어 준다면 더 이상 바랄 것이 없다.

5

경쟁사회에서
승자가
되기 위해

먼저 현재 너의 생각들을 하나하나 점검하고,
정말로 네가 그렇게 생각하는지,
남한테서 배운 대로 생각하고 있는 것은 아닌지,
편견이나 독단에 빠진 것은 아닌지를
다시 생각해 보는 것이다.

일반론은 자기 생각이 없는 사람들의 허약한 무기다

아마도 네가 라이프치히에 도착했을 때쯤이면 이 편지가 도착할 것이다. 너는 현명한 사람이니 드레스덴에서의 축제 기분은 떨쳐버리고, 라이프치히에서는 다시 학업에 열중하고 있으리라 믿는다.

드레스덴에서 궁정 사회의 경험을 처음 한 네 소감이 어떤지 궁금하구나. 만일 궁정이 마음에 들었다면, 학업을 통해 얻은 지식을 축적하는 것이 남에게 인정받는 가장 빠른 길이라는 것을 명심해라. 지식과 덕이 없는 궁정인은 차마 눈 뜨고 볼 수 없을 정도로 불쌍한 사람들이다. 그와는 반대로, 지식과 덕, 기품과 겸손한 태도를 몸에 지닌 훌륭한 사람들은 바라보는 것만으로도 행복하다. 너의 목표도 그것이

었으면 좋겠다.

대부분 궁정은 '허위와 거짓의 결정체이며 안과 밖이 일
치하지 않는 세계'라고 말하지만 과연 그것이 옳은 말인지
는 생각해 볼 여지가 있다. '일반론'이라는 것이 옳았던 예는
드물었음을 너도 알고 있을 것이다. 나는 '그렇지 않다'고 소
리 높여 말하고 싶다.

분명히 궁정은 허위와 거짓으로 똘똘 뭉쳐 있으며 안과
밖이 일치하지 않는 세계임에 틀림없다. 그러나 이것은 궁정
만의 이야기는 아니다. 이 세상에 그렇지 않은 곳은 없단다.

농촌도 마찬가지다. 서로 집과 밭을 이웃하여 살고 있다 하더라도 농부 개개인들은 이웃 사람보다도 많은 농산물을 생산할 수 있을까에 대해 고민하고, 각각 방법을 고안하여 경쟁한다. 또 대지주 앞에서는 불이익을 당하지 않기 위해 그의 마음에 들 방법을 궁리하고 필사적으로 작전을 세우기도 한다. 그것은 궁정인이 왕의 비위를 맞추기 위해 하는 아부와 조금도 다르지 않다. 다른 점이라면 농부의 예의범절이 다소 거칠다는 정도일 것이다.

　시골 사람들은 순박하여 거짓이 없으며, 궁정인들은 위선덩어리라고 시인들이 아무리 노래한다고 해도, 또 어리석고 단순한 자들이 아무리 그것을 믿는다고 해도 진실에는 변함이 없다. 농사를 짓는 농부라고 해도, 양 치는 목자라고 해도, 궁정인이라고 해도 모두 똑같은 인간이다. 마음에 느끼는 것, 생각하는 것은 다르지 않은 것이다. 다만 그 방식이 조금씩 다를 뿐이지 근본은 같다.

　일반론을 내세우고 믿으며 옳다고 주장할 때에는 신중을 기해야 한다. 일반론을 들고 나오는 인물들 중에는 자만심이 강하고 교활한 인간이 많다. 정말 현명한 사람은 그런 것을 내세울 필요가 없다. 교활한 인간이 일반론을 내세우는 것은 그것 외에는 의지할 것이 없는 빈곤한 지식 때문이다.

세상에는 갖가지 일반론이 활개를 치고 있다. 그리고 그중에는 틀린 것도 있고, 옳은 것도 있다. 그러나 대체로 자기 생각을 갖지 못한 사람들이 '일반론'이라는 갑옷을 몸에 걸치고 남의 눈에 띄기를 바란다.

나는 그런 사람이 일반론을 들고 나오면, 일부러 위엄 있는 얼굴로 "그렇습니까? 그래서요?" 하고 뒤에 이어질 말을 유도한다. 그러면 일반론밖에 의지할 근거가 없는 상대는 다음 말을 잇지 못하고 우물쭈물한다.

자신만의 확고한 지식을 가지고 있는 사람은 일반론에 의존하지 않고 말하고 싶은 것을 또박또박 전달할 수 있다. 시시한 일반론 따위를 내세우지 않고도 충분히 유익한 화제를 제공하며, 상대방을 따분하게 만들지 않고 재치 있는 이야기를 이끌어 나갈 수 있는 것이다.

다른 사람의 생각으로
판단하는 사람은 앵무새나 다름없다

너는 이미 사물의 본질에 대해 생각할 수 있는 나이가 되었다. 네 나이 또래의 청년 중 그럴 수 있는 사람은 많지 않겠지만, 너는 반드시 매사를 깊이 생각하는 습관을 몸에 익히도록 해라. 그리고 진실을 추구하고 왜곡되지 않은 지식을 몸에 익히길 바란다.

솔직히 말하면 내가 그럴 수 있게 된 것도 그다지 오래되지 않았다. 나도 16, 17세까지는 스스로 생각하지 못했다. 그 후로 조금씩 생각하는 능력을 기르게 되었지만, 생각한 것을 어딘가에 활용하는 일은 거의 없었다. 책을 읽어도 내용을 이해하지 못했고, 교제하던 사람들의 말이 옳은지 그른지 판단하지 못했다.

　시간과 정성을 들여 진실을 추구하기보다는 틀리더라도 편한 것이 좋다는 안일한 사고방식이었던 것 같다. 생각하는 것을 귀찮게 여겼고 놀기에 바빴다. 그리고 상류 사회의 독특한 사고방식에 다소 반항심도 가지고 있었다.

　그래서 분별 있는 생각을 갖추기는커녕 정신을 차렸을 때는 오히려 편견에 젖어 있었다. 나도 모르게 진리를 추구하는 대신 그릇된 사고방식을 기르고 있었던 것이다.

　그렇지만 일단 스스로 생각해 보겠다는 뜻을 세우고 보니 놀랍게도 사물을 보는 견해가 완전히 달라졌다. 주입식으로 얻어진 사고방식으로 사물을 보거나 실체가 없는 환상에 젖어 있던 이전과 비교할 때, 사물이 얼마나 질서정연하게 보였는지 모른다.

　물론 지금도 남으로부터 강요된 사고방식을 가지고 있는
지도 모른다. 오랜 세월 남으로부터 강요된 사고방식이 그
대로 자기의 사고방식이 되는 경우도 있을 것이다. 사실 젊
었을 때 가르침을 받은 사고방식과 스스로 기른 사고방식을
구별한다는 것은 그리 쉬운 일이 아니다.

　사람은 성장하면서 편견에 빠지기 쉽다. 나 역시 그런 경
험이 있는데, 맨 처음 내가 가진 편견은 고전은 절대적이라
는 것이었다. 이런 편견은 수많은 고전을 읽거나 여러 선생
님들로부터 강의를 듣는 동안에 자연스레 갖게 되었다.

　그 결과 나는 지난 1천5백 년 동안, 이 세상엔 양식이나
양심 따위는 전혀 존재하지 않는다고 믿었다. 양식 있는 것,
양심 있는 것은 고대 그리스나 로마 제국과 함께 멸망해 버
렸다고 생각했다. 호머Homer(고대 그리스 최대의 서사시인)와
버질Virgil(로마 최대의 시인)의 작품은 고전이기 때문에 위대
하고, 현대의 밀턴Milton(영국의 시인)과 타소Tasso(이탈리아의
시인)의 작품은 볼 만한 가치가 없다고 생각했다.

　그러나 지금은 다르다. 지금은 3백 년 전의 인간도 현재
의 인간과 똑같다는 것을 잘 알고 있다. 인간의 성질은 예나

지금이나 다를 바 없다. 다만 그 삶의 방식과 관습이 시대에 따라서 변화할 뿐이다. 동물이나 식물이 1천5백 년 전이나 3백 년 전과 비교해 거의 진보하지 않은 것과 마찬가지로, 인간 역시 1천5백 년 전, 3백 년 전의 인간들이 더 용감하고 현명했다는 것은 있을 수 없는 일이다.

학자인 척하는 교양인은 대개 고전을 전적으로 신봉하지만 지금 말한 것들을 종합해서 생각해 보면, 현대인이나 고대인 모두 장점이 있는가 하면 단점도 있다. 또는 좋은 일도 했지만 나쁜 일도 했다. 뒤늦게나마 나는 그렇게 깨닫게 되었다.

또 나는 고전에 대해서뿐만 아니라 종교에 대한 편견도 대단했다. 한때는 영국 국교를 믿지 않으면 이 세상에서 가장 정직한 사람이라도 구원을 받지 못한다고 믿을 정도였다. 그 당시는 사람의 생각이나 의견이 그렇게 간단히 바뀔 수 없다는 사실을 몰랐던 것이다. 또한 자기의 의견과 다른 사람의 의견이 일치하지 않을 수 있듯이 다른 사람도 나와 의견이 다를 수 있다는 사실을 몰랐다. 그리고 설령 의견이 다르더라도 서로가 진지하다면 그것으로 족하며, 서로 관용을 가져야 한다는 사실을 몰랐다.

세 번째로 내가 가졌던 독단적인 생각은, 사교계에서 돈

보이기 위해 '한량 기질'을 갖추어야 한다는 것이었다. '한량 기질'을 가진 사람들이 사교계에서 주목을 끌고 있다는 말을 듣고 곧바로 나의 목표로 삼았었다. 사교계의 사람들로부터 비웃음을 받고 싶지 않았다는 것이 보다 정확한 표현일 것이다.

그러나 지금은 그런 것이 두렵지도 않고 아무렇지도 않다. 본인들은 '한량 기질'을 뽐내고 있지만, 아무리 박식하고 훌륭한 신사라도 '한량 기질'은 단지 오점에 불과하다는 것을 알기 때문이다. 인정받고 싶어 하는 사람들로부터 오히려 좋지 않은 평가를 받게 될 뿐이다. 게다가 자기의 결점까지도 자랑인 양 드러내는 사람까지 나타난다. 편견이란 곰곰이 생각해 보면 정말로 무서운 것이 아닐 수 없다.

그러나 무엇보다도, 어리석다고는 할 수 있지만 분명히 잘못이라고는 할 수 없는 사고방식을 조심해야 한다. 그것은 이해력도 훌륭하고 사고방식도 건전한 사람이라고 하더라도 진리를 추구하는 노력을 게을리하거나, 집중력과 통찰력을 잃어버린 채 방치할 때 생긴다.

사람들은 흔히 '전제정치 아래서는 진정한 예술도 과학도 자라지 못한다'는 말을 믿고 있다. 과연 자유가 제한되어 있는 곳에서는 재능도 봉쇄되어 버리는 것일까? 언뜻 보기에는 그럴듯하게 들리겠지만 나는 그렇게 생각하지 않는다.

농업과 같은 기술이라면 정치의 형태에 따라 소유나 이익이 보장되지 않는 경우, 확실히 진보가 어려울지도 모른다. 그러나 전제정치가 수학자나 천문학자 또는 웅변가 들의 재능을 억제한다는 말은 들어본 적이 없다. 또 그런 예를 본 적도 없다.

시인이나 변사는 좋아하는 주제를 자기 나름대로 표현할 수 있는 자유는 빼앗길 수 있지만 정열을 쏟을 대상을 빼앗기는 것은 아니다. 적어도 재능이 있다면 그것까지 박탈당할 우려는 없는 것이다.

그런 예는 코르네유Corneille(극작가), 라신Racine(극작가), 몰리에르, 부알로Boileau(시인, 비평가), 라 퐁텐La Fontaine(시

인) 등과 같은 프랑스 시인들에게서 찾을 수 있다. 그들은
루이 14세의 압제 아래에서 그 재능을 피웠던 것이다.

아우구스투스Augustus(로마 제정 초대의 황제) 시대를 보자.
당시의 작가들이 재능을 발휘하게 된 것은 오히려 잔인하
고 쓸모없는 황제가 로마 시민의 자유를 구속하고부터였다.
편지라는 것에 재평가를 하게 된 것도 절대적인 권력을 쥐
고 있던 교황 레오 10세 때이고, 장려되고 보호받게 된 것
은 일찍이 볼 수 없었던 독재 정치를 행한 프란시스 1세 시
대 때이다.

물론 내가 전제정치를 찬성하는 것은 아니다. 내가 가장
싫어하는 것이 독재다. 압제는 인간의 기본 권리를 침해하
는 범죄적 행위다.

이야기가 길어졌지만, 아무튼 사물을 똑바로 바라보는
습관을 기르길 바란다. 먼저 현재 너의 생각들을 하나하나
점검하고, 정말로 네가 그렇게 생각하는지, 남한테서 배운
대로 생각하고 있는 것은 아닌지, 편견이나 독단에 빠진 것
은 아닌지를 다시 생각해 보는 것이다.

편견이 없어지면 여러 사람들의 의견을 듣고 옳은지 그
른지, 만약 옳지 않다면 어디가 틀렸는지 생각하고 그것들

을 종합해서 자기 것으로 만들어야 한다.

좀 더 일찍 스스로 판단했더라면 하는 후회가 생기지 않도록 되도록 빨리 시작해야 한다. 물론 인간의 판단력이 언제나 옳은 것은 아니다. 그렇기 때문에 시행착오를 적게 범하기 위해서는 일찍이 판단력을 기르는 것이 중요하다.

그것을 보충해 주는 것이 책이며 사람과의 교제다. 그러나 책이든 사람들과의 교제든, 그것을 과신하고 그대로 받아들여서는 안 된다. 그것들은 어디까지나 판단력의 보조물에 불과하다. 많은 사람들이 귀찮게 여기는 '생각한다'는 작업만큼은 소홀히 하지 않기를 바란다.

지나친 용기는 만용을 부르고
지나친 신중은 비겁을 부른다

어떤 장점이나 덕행에도 단점과 부덕이 있게 마련이듯이 행동에 있어서 자칫 발을 잘못 내딛으면 생각지도 못한 과오를 저지를 수 있다. 예를 들어 관용도 도가 지나치면 응석이 된다. 이와 마찬가지로 절약은 인색함이 되기 쉽고, 용기는 만용이 되고, 지나친 신중함은 비겁함이 되기 쉽다.

그런 측면에서 보면, 결점이 없고 부도덕한 행위를 하지 않는 것도 중요하지만 장점이나 덕을 가지고 있다는 것에도 주의가 필요하다. 부도덕한 행위는 그 자체가 아름답지 않으므로 한번 보면 자기도 모르게 외면해 버리고 그 이상 깊이 관여하고 싶은 생각이 들지 않는다.

하지만 도덕적 행위는 그 자체가 아름답다. 따라서 처음 보았을 때부터 마음을 빼앗기고, 알면 알수록 매료되어 결국은 자기도 모르게 도취해 버리는 것이다. 바로 이때 올바른 판단이 필요하다. 도덕적 행위를 어디까지나 도덕적 행위로, 장점을 언제까지나 장점으로 지속시키기 위해서는 자기도취에 빠지지 않도록 자신에게 채찍질을 해야 한다.

내가 이런 얘기를 꺼내는 것은 '학식이 풍부하다'는 장점이 자칫 쉽게 빠질 수 있는 함정일 수 있다는 것을 이야기하고 싶기 때문이다.

지식이 풍부해도 올바른 판단력이 없으면 '꼴사납다'거나 '자만에 차 있다'는 따위의 미처 생각지 못했던 엉뚱한 험담을 들을 수 있다. 너도 언젠가는 많은 지식을 갖게 될 것이다. 그때를 대비해 보통 사람들이 빠지기 쉬운 함정에 말려들지 않도록 지금부터 주의할 필요가 있다.

학식이 풍부한 사람은 자신감이 지나쳐서 남의 의견을 무시하거나 일방적으로 자기 판단을 강요하거나 멋대로 단정기도 한다. 그렇게 강요당한 사람들은 모욕과 분노를 느끼고 반발하려 할 것이다. 심한 경우에는 법적 수단에 호소하는 사태가 일어날 수도 있다.

이런 사태를 피하기 위해서는 지식의 양이 늘어나면 늘

어날수록 겸허해져야 한다. 확신이 있는 일에 대해서도 그다지 확신이 없는 것처럼 가장하고, 의견을 말할 때도 단정적으로 말하지 말아야 한다. 남을 설득하고자 한다면 먼저 상대방의 의견에 차분히 귀를 기울여라. 그 정도의 겸허함은 사회 속에서 살아가기 위해 반드시 갖춰야 할 기본적인 예의이다.

만일 네가 학자인 척하는 얄미운 녀석이라는 말을 듣고 싶지 않다면, 또 무식하게 보이는 것도 싫다면, 지식을 자랑삼아 드러내지 않도록 해야 한다. 주위 사람들과 편하게 이야기하며, 꾸미지 말고 순수하게 내용만을 전달하면 된다. 주위 사람들보다 조금이라도 훌륭한 것처럼 보이려 하거나

학문이 풍부한 것처럼 드러내서는 안 된다.

지식은 회중시계처럼 조용히 주머니 속에 넣어 두는 것으로 족하다. 애써 그것을 내보이려고 주머니에서 꺼낼 필요는 없다. 시간을 묻는 사람이 있다면 그때만 꺼내서 대답하면 된다.

지식은 장식품이 아니라 필수품이다. 몸에 지니고 있지 않으면 큰 창피를 면할 수 없다. 또 제때 잘 활용할 수 있어야 그 진가가 발휘된다. 부디 내가 말한 것에 주의해서 잘못을 저질러 비난받는 일이 없도록 해라.

공부만 잘하는 바보들은
세상일에 무지하다

오늘은 몹시 피곤했다.
아니 당혹스러웠다고 표현하는 것이 맞겠다. 오늘 먼 친척
뻘이자 학식이 풍부한 신사가 찾아와 함께 저녁 식사를 했
단다. 이렇게 말하니까 오히려 "즐거웠을 텐데 왜 피곤하세
요?"라고 물을지도 모르지만, 나로서는 정말 지루한 시간이
아닐 수 없었다.

그 사람은 예의는 물론 대화법도 제대로 모르는, 소위 '바
보 학자'였다. 흔히 잡담을 '근거도 없는 시시한 이야기'라고
말하지만 이 양반의 이야기는 하나같이 근거가 확실한 이야
기뿐이었다. 정말 지루하더구나. 확실한 근거가 없어도 마
음 놓고 편하게 나눌 수 있는 막연한 잡담이 얼마나 고마운

것인지 새삼 실감했다.

그는 자기주장을 내세우고, 내가 조금이라도 그의 말에서 벗어난 이야기를 하면 눈을 부릅뜨고 분개하더구나. 확실히 그의 주장은 하나같이 지당한 것이었다. 그러나 유감스럽게도 그의 주장은 현실성이 결여되어 있었다. 아마도 그는 오랫동안 연구실에 틀어박혀 여러 사물에 대한 생각을 짜내며 자기주장을 확립했기 때문일 것이다. 즉 그는 책만 붙잡고 씨름했지 사람들과 교제하지 않았기 때문이란다. 학문에는 정통했지만 인간에 대해서는 전혀 무지했던 것이다.

자기 생각을 표현할 때도 차마 옆에서 보기가 민망할 정도로 말투가 어눌했다. 말이 시작되면 금방 끊어지고, 게다가 그 말투는 무뚝뚝하기 짝이 없고, 동작도 세련과는 거리가 멀었다. 아무리 학식이 풍부하고 훌륭한 인물이라도, 이런 사람과 이야기를 하기보다 조금은 세상 물정을 알고 있는 교양 없는 수다쟁이 여성과 얘기하는 것이 훨씬 나을 거라는 생각이 들었다.

세상 물정을 모르는 사람이 내세우는 이론은, 세상이란 이론대로 돌아가지 않는다는 것을 알고 있는 사람을 지치게 만든다. '세상은 그런 것이 아니오'라고 말참견을 하게 되면

논쟁은 끝날 줄 모르게 되는데,
무엇보다도 참을 수 없는 것
은 상대는 이쪽에서 하는 말
을 들은 척도 하지 않는다는 것
이다.

그도 그럴 것이 상대
는 옥스퍼드 대학이나
케임브리지 대학에서 몸에 녹이 슬 정도로 연구한 사람이
다. 예를 들면 인간의 두뇌에 대하여, 마음에 대하여, 이성·
의지·감정·감각·감상 등등에 대하여 보통 사람들이 생각
할 수 없는 데까지 세분화해 인간을 철저히 연구하고 분석
해서 자기 학설을 확립한 사람이다. 그러니 그렇게 쉽게 양
보하고 물러설 리가 없다. 자기가 옳다고 생각하는 것도 당
연한 것이다.

그들의 업적과 주장은 나름대로 훌륭한 것이라고 생각한
다. 문제는, 실제로 인간을 관찰한 일도 없고 사귀어 본 일
도 없기 때문에 세상에는 여러 부류의 인간, 여러 가지 습
관, 편견, 기초가 있다는 것, 그리고 이 모든 것들을 통틀어
종합한 다음에야 한 인간이 존재한다는 것을 전혀 모르고
있다는 점이다. 요컨대 그들은 현실의 인간에 대해서는 전

혀 모르고 있는 것이다.

그 때문에 연구실에서 '인간은 칭찬을 받으면 기뻐한다'는 사실을 발견했다고 해도 방법을 몰라 실천하기 어렵고, 따라서 무턱대고 칭찬할 수밖에 없는 노릇이다. 그 결과가 어떻게 되는가는 쉽게 상상할 수 있을 것이다.

칭찬으로 던지는 말이 그 장소에 어울리지 않거나, 정확하지 않다거나, 타이밍이 나쁘다면 차라리 아무 말도 하지 않는 편이 낫다. 그들은 자신의 생각에 온통 골몰해서 주위 사람이 지금 어떤 상황에 처해 있는지, 어떤 이야기를 하고 있는지 생각지 못한다. 아니, 생각하려는 마음조차 없다. 그래서 생각난 김에 앞뒤 생각 없이 칭찬해 버린다. 그러나 칭찬받은 사람은 당황스럽고 어리둥절하게 되고 심지어 다음에는 또 무슨 말을 들을지 몰라 조마조마하게 된다.

세상 물정을 모르는 학자에게는 아이작 뉴턴이 프리즘을 통해 빛을 보았을 때처럼 인간도 색깔별로 분류되어 보이는 것이다. 이 사람은 이 색깔, 저 색깔이라는 식으로 말이다. 그러나 경험이 풍부한 염색 기술자는 다르다. 빛깔에는 명도가 있고 채도가 있다는 것을 알고 있다. 한 가지 색으로 보이더라도 여러 가지 색이 뒤섞여 있다는 것을 알고 있다.

애당초 한 가지 색깔만 가진 인간이란 없다. 다소는 다른

색깔이 뒤섞여 있거나 그림자가 들어가 있게 마련이다. 그뿐만이 아니다. 빛을 받은 정도에 따라 여러 가지 색깔로 변하는 비단처럼 상황에 따라 여러 색으로 변하는 것이 인간이다. 이러한 이치는 세상 물정을 아는 사람이라면 누구나 아는 것이다. 그러나 세상으로부터 격리되어 혼자 연구실에 틀어박혀 있는 자신만만한 학자는 그것을 모른다. 이것은 머리로 생각해서 알 수 있는 일이 아니기 때문이다.

따라서 공부한 것을 실천하려고 해도 생각대로 되지 않는다. 사람이 춤추는 것을 본 일이 없는 사람이나 춤을 배운 적이 없는 사람은 아무리 악보를 읽을 줄 알고 멜로디나 리듬을 이해해도 춤을 출 수 없는 법이다.

그 점에서 세상을 직접 경험한 사람은 전혀 다르다. '칭찬'에 대해서도 마찬가지다. 칭찬의 위력을 안다면 언제, 어디서, 어떻게 그것을 사용하면 좋은지 제대로 터득하고 있다. 말하자면 환자의 체질에 맞는 처방을 할 수 있는 것이다. 또한 그들은 직접적으로 칭찬하지 않는다. 완곡하게 비유적으로, 혹은 암시적으로 칭찬한다. 머리로 생각하는 것과 현실 사이에는 이렇게 큰 차이가 있는 것이다.

우리는 간혹 지식이나 학력이나 인격이 훨씬 미치지 못하는 사람이 우수한 학자나 인격자들을 능숙하게 조종하는 것을 볼 때가 있다. 내가 직접 목격한 일도 여러 번 있다. 이것은 세상을 살아가는 지혜가 열등한 사람들 쪽이 더 뛰어난 경우이다. 그들은 지식과 인격은 있지만 세상 물정에 어두운 사람들의 맹점을 이용해 자기 뜻대로 조종한다.

자기 눈으로 보고, 관찰하고, 실제로 체험해서 세상일을 알고 있는 사람은 단순히 책을 통해서 얻은 지식이 전부인 사람과는 근본적으로 다르며 세상을 살아가는 데 있어 훨씬 유리하다. 이것은 잘 훈련받은 말이 노새보다 훨씬 쓸모가 있는 것과 같다.

너도 이제 지금까지 공부해 온 것과 보고 들은 것을 종합해 너 나름대로의 판단을 내리고 인격이나 행동양식, 예의범절을 굳히지 않으면 안 된다. 앞으로 세상을 겪어 가며 그 것에 더욱 세련미를 가해야 한다. 그런 뜻에서 세상에 대해 서술되어 있는 사회과학 책을 읽는 것도 도움이 된다. 그 책 의 내용과 현실을 비교해 보는 것도 좋은 공부가 될 것이다.

만약 오전 공부 시간에 라 로슈푸코La Rochefoucauld(프랑 스의 사상가)의 격언을 몇 개 읽고 깊이 고찰했다면, 밤에는 사교장에 가서 만나는 사람들에게 그것을 적용시켜 보는 것 이다. 또 라 브뤼에르La Bruyere(프랑스의 사상가)의 책을 읽 었다면, 거기에 묘사되어 있는 세계가 어떤 것인가를 실제 로 사교장에 가서 확인해 보는 것이다.

책에는 인간의 마음의 움직임이나 감정의 동요 등 여러 가지 내용이 들어 있다. 그것을 미리 읽어 두는 것은 좋다. 그러나 읽는 것으로 끝내서는 안 된다. 실제로 사회에 발을 들여놓고 관찰해야 한다. 그렇게 하지 않으면 모처럼 얻은 지식도 산지식이 되지 못할 뿐만 아니라 그릇된 방향으로 나아가게 된다. 세계 지도를 펼쳐 놓고 뚫어지게 들여다본 들 세계에 대해서는 아무것도 알 수 없는 것과 마찬가지다.

말솜씨보다 중요한 것은
말하는 태도다

오늘은 영국에서 율리우스력(Julius曆)을 그레고리력(Gregorius曆)으로 개정하기 위한 법안을 상원에 제출했을 때의 일에 대해 자세히 이야기해 보려고 한다. 틀림없이 너에게 참고가 될 것이다.

율리우스력은 태양력에 비해 11일이나 초과하고 있는 정확하지 않은 달력이라는 것은 모두들 잘 알고 있는 사실이다. 이 오류를 수정한 달력이 그레고리력인데 이 명칭은 만든 사람이 교황 그레고리우스 13세인 데서 기인했다. 그레고리력은 만들어진 즉시 유럽의 가톨릭 국가에 받아들여져 사용되었고, 종국에는 러시아와 스웨덴과 영국을 제외한 모든 프로테스탄트 국가들까지도 사용하게 되었다.

이렇듯 유럽 주요 국가들이 그레고리력을 채용하고 있는데도 우리나라는 여전히 오류가 큰 율리우스력을 채용하고 있다는 것을 나는 매우 불명예스럽게 생각했다. 나뿐만 아니라 당시에 해외 왕래가 빈번했던 정치가들이나 무역상들 중에는 불편과 불합리함을 느끼고 있는 사람이 많았던 모양이다.

　그래서 나는 영국의 달력을 개정하기로 결심하고 여론을 수렴하여 법안을 상정하기로 했다.

　먼저, 법안을 작성했는데 여기에서는 나라를 대표할 만한 우수한 법률가와 천문학자 몇 사람의 협조를 얻었다. 여기서부터 나의 고생이 시작되었다. 당연한 일이지만, 법안에는 법률 전문 용어와 천문학상의 계산이 가득 담겨 있었다. 그런데 그것을 최초에 제안했던 나는 전문적인 부분에 있어서는 그 어느 쪽 사정도 모르는 상태였다.

　법안을 성립시키기 위해서는 나도 충분한 지식이 있다는 것을 의회 사람들에게 알려야 했고, 또 나와 마찬가지로 이런 분야에 대해 지식이 없는 의원들에게도 달력 개정의 천문학상의 이유를 어느 정도는 이해시켜야 했다.

　나에게 있어서 천문학상의 설명을 하는 것은 켈트어나

슬라브어와 같은 다른 민족의 언어를 배우고 그 언어로 말을 하는 것과 같이 크게 어려운 일은 아니었지만, 의원들은 아니었다. 의원들은 자신들에게는 어렵기만 한 천문학 이야기 따위에는 별 흥미가 없을 것임에 틀림없었다. 그래서 극단의 결단을 내렸다. 내용이나 전문 용어를 설명하기보다는 의원들의 마음을 붙잡는 일에 노력을 기울이기로 했다.

나는 이집트력에서부터 그레고리력에 이르기까지의 변화 경위를 재미있게 설명했다. 가끔 일화를 섞어 관심을 끌었다. 특히 말투, 어휘, 문체, 화술, 몸짓에는 더욱 신경을 썼다. 성공이었다. 이런 방법은 앞으로도 유용하리라 본다.

의원들은 납득이 간다는 듯, 내가 법안을 상정한 이유를 모두 이해했다는 듯한 표정이 되어 있었다. 과학에 대한 설명 같은 것은 할 생각도 없었고 그 어떤 것도 설명하지 않았다. 그럼에도 여러 의원들이 나의 설명만으로도 모든 것을 명백히 알았다고 발언했다.

나의 발언 이후 유럽 제일의 수학자이자 천문학자이기도 한 마크레스필드 경이 발언했다. 그는 법안 통과를 후원하여 법안 작성에 누구보다도 힘을 써 준 사람이기도 하다. 그런데 그의 전문적인 이야기는 의원들의 관심을 끌지 못했으며, 태도가 별로 안 좋았던지, 민망하게도 모든 찬사가 나에

게 집중되어 버렸다.

　너에게도 이런 경험이 있을 것이다. 거친 목소리에다가 묘한 억양으로 이야기하거나, 말의 순서도 틀리고, 도무지 무슨 말을 하는지 알 수 없을 만큼 엉망진창인 사람이 말을 걸어올 경우, 적어도 나는 그의 인격을 살피는 것은 고사하고 하고 있는 이야기의 내용에 귀조차 기울이지 않을 것이다. 반면에 이와는 정반대로 호감이 가도록 정중하고 재치 있게 말하는 사람은 이야기의 내용이 훌륭하게 들리는 것은 물론이고 심지어 그 사람의 인격을 존중하게까지 된다.

만일 전달하고자 하는 이야기를 아무런 꾸밈없이 논리정연하게 이야기하는 것만으로 충분하다고 생각한다면 그것은 터무니없는 잘못이다. 특히 네가 정계에 들어갈 생각이 있다면 더욱 그러하다. 사람들 앞에서 이야기할 때는 이야기의 내용이 아니라, 화술이 뛰어난지에 따라서 그 사람에 대한 평가가 결정되어 버리기 때문이다.

이야기의 내용도 중요하지만 말하는 사람의 분위기, 표정, 몸짓, 품위, 목소리를 내는 방법, 억양, 사투리의 사용과 같이 지엽적인 부분이 무엇보다도 중요하다. 이것은 사사로운 모임에서 사람의 관심을 끌고자 할 때든, 공적인 모임에서 청중을 설득하고자 할 때든 상관없이 모든 경우에 다 적용된다.

내 생각에 이 나라에서 가장 연설을 잘하는 인물은 피트 씨와 스토마운트 경의 백부가 되는 사법 장관 뮤레이 씨다. 이 두 사람 말고 과열된 논쟁을 진정시킬 수 있는 사람, 즉 영국 의회를 조용하게 만들 수 있는 사람은 없다. 그분들이 연설하고 있을 때 가 보면 바늘이 떨어지는 소리까지 들릴 정도로 조용하다. 이 두 사람의 연설은 시끄러운 의원들을 침묵시킬 뿐 아니라 열심히 귀를 기울이게 하는 힘을 지니고 있다.

두 사람의 연설이 가지는 힘은 무엇일까? 내용이 훌륭하기 때문일까? 아니면 정확한 증거를 내세워 논리가 정연하기 때문일까? 사실 나도 그들의 연설에 매료된 사람들 중 하나다. 한번은 집에 돌아와서 왜 그렇게 매료당하는가를 생각해 본 일이 있다. 도대체 그 사람들은 무엇을 말했던 것일까? 차근차근 다시 생각해 보니 놀랍게도 내용이 거의 없었다. 증거도, 설득력도 없었다. 결국, 난 그 연설의 표면상의 허식, 즉 뛰어난 화술 그 자체에 매료되었던 것이다.

꾸밈없이 논리정연한 말은 지적인 인간이 두세 사람 모이는 곳에서나 사사로운 모임에서는 설득력도 있고 매력도 있을 수 있다. 그러나 많은 청중을 상대로 하는 공적인 장소에서는 적절하지 않다.

우리는 연설을 들을 때 내용을 통해 어떤 교훈을 얻기보다는 그저 아름답게 들을 수 있는 편을 선호한다. 원래 교훈은 듣기에 편하거나 그다지 기분 좋은 것은 아니다. 교훈을 듣는다는 것은 자신의 무식을 확인하는 말을 듣는 것과 마찬가지의 일이기 때문이다. 연설이 듣는 사람의 귀에 쏙쏙 들어가고 좋다는 찬사를 받기 위해서는 우선 목청부터 좋아야 하는 것이다. 세상일이란 그런 것이다.

　이 나라 사람들은 연설이 그다지 능숙하지 못하다. 특히
너는 이런 화술의 중요성을 좀 더 생각해 볼 여지가 있다.

설득력은 정확하고
품위 있는 표현에서 생긴다

화술에 능숙한 사람이 되고 싶다면 어떻게 하면 좋을까? 우선 그런 사람이 되고 싶다는 목표를 항상 마음에 새겨 두고, 그것을 실현하기 위해 책을 읽거나 문장 연습을 하는 등 모든 노력을 거기에 집중시켜야 한다.

우선 자신에게 이렇게 다짐한다.

'나는 사회에서 남 못지않은 능력 있는 인재가 되고 싶다. 그러기 위해서는 말하는 재주가 능숙하지 않으면 안 된다. 우선 일상 회화의 기술을 연마하고, 정확하고 품위가 있으며 뽐내지 않는 화술을 몸에 익히도록 노력해야 한다. 고전이나 현대 작품을 불문하고 웅변가가 쓴 책을 읽어 보자. 말을 잘하기 위한 목적 하나만으로 그것을 읽자.'

　실제로 이런 목적으로 책을 읽을 때는 문체나 말의 사용법에 정신을 집중하는 것이 좋다. 어떻게 하면 좀 더 나은 표현이 될 수 있을까, 그리고 만약 네가 같은 글을 쓴다면 어디가 달라질까를 생각하면서 읽는 것이다.

　같은 의미의 내용을 쓴다 하더라도 저자에 따라 얼마만큼 표현이 달라지는가, 표현이 달라지면 같은 내용이라도 얼마만큼 인상이 달라지는가에 주의하면서 읽는 것이 좋다. 아무리 훌륭한 내용이라도 말의 사용법이 이상하거나, 문장에 품위가 없다거나, 문체가 고르지 않으면 전체적으로 얼마나 조화가 깨지는지를 관찰하는 것도 필요하다.

아무리 허물없이 자유로운 대화라도 자기 스타일이 있어야 하고, 아무리 친한 사람에게 보내는 편지라도 자기만의 스타일을 갖는다는 것은 매우 중요하다.

또 대화를 하기 전에 미리 준비하는 것이 중요하지만, 그렇지 못한 경우에는 이야기가 끝난 뒤에 좀 더 좋은 이야기 방식은 없었을까 하고 생각해 보는 것만으로도 화술 능력을 향상시키는 데 많은 도움이 될 것이다.

너는 우리의 마음을 사로잡는 배우들이 어떤 식으로 이야기를 하는지 눈여겨본 일이 있느냐? 잘 관찰해 보면 알겠지만, 훌륭한 배우는 명확하게 발음하고 정확한 말에 중점을 둔다.

말이란 개념을 전달하기 위해 있는 것이다. 그러므로 개념이 잘 전달되지 않는 방법으로 말을 하거나, 귀 기울이고 싶지 않은 말투를 쓰는 것은 어리석기 짝이 없는 일이다.

매일 큰소리로 책을 읽고 그것을 하트 씨에게 들어 달라고 부탁해라. 호흡을 이어 가는 방법, 강조하는 방법, 읽는 속도 등에 있어서 네게 부적당한 것이 있다면 일일이 그 대목을 지적해 달라는 부탁도 잊지 말아라. 읽을 때는 입을 크게 벌리고 하나하나 분명하게 발음하도록 해라. 조금이라도 빨라지거나 부정확해진다면 바로 그 대목에서 지적을 받게 될 것이다.

혼자서 연습할 때도 스스로 잘 듣도록 해라. 처음에는 천천히 읽어 말이 빨라지는 너의 버릇을 고치는 것에 유념하는 것이 좋다. 네 발음에는 무엇인가에 걸리는 듯한 느낌이 있어서 빠른 말로 할 때는 알아듣기 힘든 부분이 있다. 발음하기 힘든 단어가 있으면 완벽하게 발음할 수 있을 때까지 몇 천 번이든 연습해라.

또한 시사적인 문제를 몇 가지 들어 그것에 대한 찬성 의견과 반대 의견을 머릿속으로 생각하고, 논쟁을 예상해 그것을 품위 있는 말로 고쳐 보는 것도 좋은 공부가 될 것이다. 예를 들어 상비군에 대해서 생각해 보기로 하자. 반대 의견 중 하나로는 강대한 군사력으로 말미암아 주변 국가에 위협을 줄 우려가 있다는 의견이 있을 것이다. 또 찬성 의견 중 하나로는 힘에는 힘으로 대항할 필요가 있다는 의견이 있을 것이다.

이와 같이 하면 군대는 본질적으로 나쁜 의도를 가지고 있지만 상황에 따라서는 타국의 침입을 방지하는 필요악이 될 수 있다는 결론을 얻을 수도 있다. 이렇게 찬반양론을 비교해서 자기 나름대로의 생각을 정리하고 그것을 부드러운 문장으로 표현해 보는 것이 좋다. 토론 연습도 되고 항상 능숙하게 이야기하는 습관을 몸에 익히는 방법이 될 것이다.

사람을 제압하려면 절대 상대방을 과대평가하지 않아야 하듯이 연설에서 청중을 기쁘게 하고 싶다면 청중을 과대평가하지 않아야 한다.

나도 처음에 상원의원이 되었을 때는 의회가 존경할 만한 사람들만 모인 집단이라고 생각하고 일종의 위압감을 느꼈다. 그러나 그것도 잠시일 뿐, 의회의 실정을 알고 나니 그런 생각은 곧 사라져 버렸다.

나는 5백60명의 의원들 중 사리분별이 있는 사람은 고작 30명 내외이고 나머지는 거의가 평범한 사람이라는 사실을 깨달았다. 그리고 품위 있고 알찬 연설을 요구하는 사람은 30명 정도뿐이고, 나머지 의원들은 내용이야 어떻든 듣기 좋은 연설만 들려주기만 하면 만족한다는 사실도 알았다.

그것을 알고부터는 연설할 때마다 긴장도 적어지고, 나중엔 청중을 전혀 의식하지 않고 이야기의 내용과 화술에만 집중할 수 있게 되었다. 자만심으로 하는 말은 아니지만, 나는 어느 정도 내용 있는 이야기를 할 수 있을 정도의 양식을 갖추고 있다고 믿는다.

웅변가는 솜씨 좋은 제화공과 비슷하지 않을까 싶다. 그들은 모두 어떻게 해야 상대방에게 맞출 수 있을까를 터득하는 것이 필요하다. 그다음의 일은 기계적으로 할 수 있다.

만약에 네가 청중을 만족시키고 싶다면 청중이 좋아하는 방법을 쓰면 된다. 연설자는 청중의 개성까지 신경 쓸 필요는 없다. 있는 그대로의 그들을 받아들일 수밖에 없는 것이다.

그리고 여러 번 말했듯이 청중은 자기들의 감각이나 마음을 사로잡는 것만을 좋아하고 받아들인다. 라블레 Labelais(프랑스의 의학자, 작가)의 경우를 보아도 그렇다. 그 역시 맨 처음 작품은 아무도 거들떠보지 않았다. 후에 독자의 기호에 맞춘 〈가르강튀아〉와 〈팡타그뤼엘〉이 나오고서야 비로소 독자들의 환호를 받았던 것이다.

분명하고 좋은 필체가
너의 인품을 말해준다

지난번에 내게 90파운드짜리 청구서가 도착했다. 네가 지출한 것으로 되어 있었는데, 나는 순간 지불을 거절하고 싶었다. 금액이 문제가 아니었다.

보통 이럴 경우에는 편지로 미리 상의하는 것으로 되어 있는 것은 너도 알 것이다. 그런데도 너는 이 청구서에 관해서 편지 한 장 보내 주지 않았던 것이다.

그것 말고도 이유는 또 있었다. 너의 서명이 어디에 있는지 찾을 수가 없었던 것이다. 청구서를 가지고 온 사람이 가리켜 주는 곳을 확대경으로 보고서야 비로소 너의 서명이 맨 구석에 있는 것을 알았다. 처음에는 글씨를 쓸 줄 모르는 사람이 서명 대신에 X표를 한 것인가 생각했는데, 놀랍게도 너의 서명이었다. 나는 지금껏 그렇게 작고 보기 흉한 서명을 본 적이 없다.

신사라면, 또는 적어도 사업체를 가지고 있거나 그 세계에 몸담고 있는 사람이라면 항상 똑같은 서명을 하는 것이 관례다. 똑같은 서명을 하게 하는 것은 자신에게는 자신의 서명에 익숙해지고 대외적으로는 가짜가 횡행하는 것을 방지하게 한다. 그래서 성명은 가짜와 식별이 가능하도록 다른 문자보다는 좀 크게 쓴다. 그런데 너의 서명은 다른 문자보다도 작았고, 게다가 몹시 보기 흉했다.

각료에게 이런 서명을 한 편지를 보낸다면, 이것은 보통 사람이 쓰는 글씨가 아니라 기밀문서라고 생각하고 암호 해독 담당자에게 넘길 것이다.

만일 프랑스의 앙리 4세가 사랑의 편지를 보낼 때 자주 사용했던 수법처럼 병아리를 보내는 척하고 그 속에 이런 서명이 있는 편지를 숨겨 넣는다면(이 때문에 병아리나 짤막한 연애편지나 똑같이 poulet라고 쓴다), 보잘것없는 서명을 본 여인은 그 사랑의 편지가 병아리 장수가 쓴 것이라고 생각할 것임에 틀림없다.

이 못생긴 서명을 보면서 나는 이 서명을 할 때 너에게 일어났을지도 모르는 여러 가지 좋지 않은 사태들을 상상해 보았다.

너는 당황하고 있었기 때문에 그렇게 서명할 수밖에 없었다고 말할지도 모르겠다. 그러면 네가 당황하고 있었던 이유는 무엇일까?

당황하여 조급하게 처리하면 일을 망친다는 것을 알고 있기 때문에 지성이 있는 인간은 서두르는 일은 있어도 결코 당황하는 일은 없다. 그러므로 서둘러 일을 완성시켜야 하는 일이 있어도, 일이 아무렇게나 되지 않도록 항상 마음을 써야 한다.

소심한 사람은 자신에게 주어진 일이 힘에 부친다는 것을 알았을 때 당황한다. 자신의 능력으로는 어찌할 방법이 없다고 판단되었을 때 당황하게 되는 것이다. 일단 당황하게 되면, 정신없이 뛰어다니게 되고, 머리를 쥐어짜며, 결국에는 혼란에 빠져서 무엇이 무엇인지 모르게 된다.

또 당황하면 할수록 문제를 한 번에 해결하려고 덤비기 때문에 어느 것도 제대로 하지 못하고 헤매게 된다.

반면 분별이 있는 인간은 그렇지 않다. 일을 하기 전에 끝마치기까지 필요한 시간을 미리 계산해 두며, 서두를 필요가 있을 때에도 한 가지씩 침착하게 완성시킨다. 분별 있는 사람은 서둘러도 항상 냉정하고 침착하여 당황하지 않고, 한 가지 일을 끝맺기 전에는 다른 일에 손을 대지 않는 것이다.

너도 충분한 시간을 낼 수 없을 만큼 여러 가지 일이 많다는 것은 잘 알고 있다. 그렇지만 일을 아무렇게나 대충 끝내서는 안 된다. 차라리 절반만이라도 완벽하게 하고 나머지 절반은 손을 대지 않은 채로 그냥 두는 편이 훨씬 낫다.

서명도 마찬가지다. 시간이 아무리 중요하다고 해도 시장 바닥의 부랑자 따위로 평가받을 정도의 글씨를 쓰는 품위 없는 짓을 해서 벌게 된 몇 초간의 시간은 아무런 쓸모도 없는 것임을 잊지 말아라.

6

후회 없는
성공적인
인생을 위해

상대방의 기분을 맞춰 주고

기쁘게 해 주자는 생각은

상대가 좋은 사람이라면 좋은 결과를 낳는다.

그러나 그렇지 않은 경우에는

본의 아니게 상대방에게 질질 끌려 다니게 된다.

친구란 너의 인격을
말해 주는 거울이다

이 편지는 네가 베네치아에서 흥청대고 소모적인 사육제를 지내고, 토리노로 거처를 옮겨 학업 준비에 전념을 다하고 있을 즈음에 도착할 것이다. 나는 네가 토리노에 머물면서 네가 하는 공부에 큰 성과를 이루어, 그 결과 너의 학력이 신장되기를 기도하고 있다. 또한 그렇게 되어 주지 않으면 곤란하다. 그런데 진실로 말하지만 나는 이전과 다르게 몹시도 너를 걱정하고 있다.

네가 다니는 토리노의 학교에는 평판이 좋지 않은 영국인이 많다고 하더구나. 지금까지 쌓아 올린 것을 그곳에서 모두 망쳐 버리지나 않을까 걱정되어 견딜 수가 없다. 어떤 사람들인지는 모르겠지만, 그들은 그룹을 이루며 난폭한 행동을 하고 무례한 짓을 해서 마음의 편협함을 드러내고 있다는 얘기를 들었다.

그런 짓은 그 무리의 친구들 사이에서만 한정해 두면 좋겠는데 그것으로 만족하는 사람들이 아닌 모양이더라. 자기네 그룹에 들지 않겠느냐고 압력을 가한다거나 집요하게 권유하는 일도 있는 모양이다. 그리고 그것이 잘 안 되면 이번에는 우롱이라는 수법을 쓴다더구나. 네 나이의 젊은이에게는 압력을 가한다거나 강제로 권유하는 것보다 우롱이 더 효과적이라는 걸 안다. 부디 이런 것에 휘말리지 않도록 조심하기 바란다.

일반적으로 젊은 사람들은 부탁을 받으면 싫다고 거절하기가 쉽지 않다. 싫다고 하면 체면이 깎이는 듯한 생각이 들기 때문이다. 게다가 상대방에게 미안하다는 기분도 들 것이고, 따돌림을 당할지도 모른다는 우려도 가질 수 있다.

그런 생각 자체는 나쁜 것이 아니다. 상대방의 기분을 맞춰 주고 기쁘게 해 주자는 생각은 상대가 좋은 사람이라면 좋은 결과를 낳는다. 그러나 그렇지 않은 경우에는 본의 아니게 상대방에게 질질 끌려 다니게 된다.

만일 자신에게 결점이 있다면 자기의 결점만으로 만족하는 것이 좋다. 다른 사람의 나쁜 결점이나 행동을 흉내 내고 따라 하여 결점을 늘리는 위험한 짓은 피해야 한다.

네가 다니는 학교에는 여러 종류의 사람이 있을 것이다. 그런 사람들 모두와 친해지고 친구가 될 수 있다는 생각은 그릇된 생각이다. 그것은 당치도 않은 자만심이다. 참다운 우정이란 그렇게 간단히 손에 넣을 수 있는 것이 아니다. 오랜 시간을 두고 서로를 알고 서로를 이해한 다음이 아니면 참다운 우정은 자라지 않는다.

그런데 그렇지 않은 이름뿐인 우정도 있다. 젊은이들 사이에 만연하고 있는 것이 바로 이것이다. 이 우정은 잠시 동안은 따스하지만 얼마 후에는 식어 버린다. 우연히 알게 된 몇몇 사람이 함께 무분별한 행위를 했다거나 놀이에 깊이 빠지거나 하는 것에 불과하다. 이런 우정은 즉흥적이다. 게다가 술과 여자와 도박으로 맺어져 있다면 이 얼마나 한심하냐.

그들은 싸구려 우정을 앞세워 돈을 빌리고 친구를 위한다며 패싸움을 한다. 이런 사람들은 어떤 계기로 사이가 나빠지거나 하면,

그 즉시 손바닥 뒤
집듯 상대방을 헐뜯
고 다닌다. 일단 사이가 벌
어지면 그것으로 끝장이고 두
번 다시 상대방을 생각해 주는 일은
없다. 오로지 지금까지의 신뢰 관계를
배반하고 우롱하는 일에 전념한다.

여기서 한 가지 너에게 충고하고 싶은 것은, 친구와 놀이
동료는 다르다는 것이다. 함께 있으면 즐겁다고 해서 반드
시 좋은 친구는 아니다. 아니, 오히려 친구로서는 적합하지
않은 인물이고 쓸모없는 인물인 경우가 많다.

어떤 친구를 사귀고 있느냐에 따라 그 사람의 인격이 어
느 정도 결정된다고 해도 과언이 아니다. 스페인 속담에 이
것을 정확하게 꼬집어 표현한 말이 있다.

'누구와 가깝게 지내고 있는지 가르쳐 다오. 그리하면 네
가 어떤 인간인지 맞혀 보겠다.'

부도덕하거나 어리석은 자를 친구로 둔 사람은 그 역시
꺼림칙한 일을 하고 있는 것은 아닌지, 좋지 못한 비밀이
있는 게 아닌지 의심받게 된다.

그러나 여기서 주의할 것은 부도덕한 인간과 어리석은 인간이 접근하는 경우, 상대방이 눈치 채지 못하게 몸을 피하는 것이 당연하지만, 필요 이상으로 쌀쌀하게 대해 적을 만들어서도 안 된다는 것이다. 친구가 되고 싶지 않은 사람은 수없이 많겠지만, 그렇다고 그들 모두를 적으로 돌리는 것은 현명하지 못한 일이다.

　　나 같으면 적도 아니고 친구도 아닌 중간적인 입장을 취할 것이다. 이것이 안전하다. 악행이나 어리석은 행동은 미워하지만 개인적으로 적대하지 않도록 해라. 일단 그들에게 적의를 품게 하면 큰일이다. 친구가 되는 것보다는 낫지만 적을 만들어 소득 없는 행위를 하게 될 수도 있기 때문이다.

　　중요한 것은 상대방이 누구든지 간에 말해서 좋은 것과 좋지 않은 것, 해서 좋은 것과 나쁜 것을 분별하고 자신을 억제하는 일이다. 분별 있는 척하며 남을 평가하는 듯한 행동은 가장 나쁘다. 상대방에게 불쾌감을 주며, 그럴 의도는 없다고 해도 오히려 상대를 더욱 화나게 만든다.

　　진정한 의미에서 사물을 현명하게 분별하고 있는 사람은 드물다. 대개는 하찮은 것에 마음을 빼앗기고 입을 굳게 닫아 버리거나, 반대로 자기가 알고 있는 것과 생각하고 있는 것을 남김없이 털어놓아 적을 만드는 것이다.

나를 발전시켜 주는 친구는
가장 큰 재산이다

친구에 관한 이야기는
이 정도로 정리하기로 하고 이제 어떤 사람과 교제하는 것
이 좋은지 말하기로 하겠다.

가능한 한 너보다 뛰어난 사람들과 교제하도록 노력해
라. 뛰어난 사람들, 훌륭한 사람들과 교제하면 자기도 그 사
람들과 마찬가지로 우수해진다. 반대로 자기보다 수준이 낮
은 사람과 사귀면 자기도 그 정도의 인간이 되어 버린다. 앞
에서도 말한 것처럼 인간은 사귀는 상대에 따라서 얼마든
변할 수 있다.

훌륭한 사람이란 집안이 좋다든가 지위가 높은 사람을

뜻하는 것은 아니다.

'훌륭한 사람'은 대략 두 종류가 있는데, 즉 사회에서 주도적인 입장을 차지하고 있어 사교장에서 화려한 활동을 펼치는 등 다재다능한 사람과 특정 분야의 학문이나 예술에 뛰어난 사람 등 한 가지 분야에서 걸출한 사람을 말한다.

그렇다고 해서 스스로 자기 자신을 그렇다고 생각하는 사람이어서는 곤란하다. 대부분의 사람들이 모두 '훌륭하다'고 인정하고 그렇게 부르는 사람이어야 한다. 거기에 몇 사람 정도의 예외적 인물이 있는 것은 상관없다. 아니, 오히려 그 편이 더 바람직하다.

실제로 교제하는 데 적합한 그룹은, 단순히 뻔뻔스러움만으로 한패로 끼거나 어떤 중요한 인물로부터 소개를 받아 억지로 들어오거나 하는 각종 잡다한 인간이 있는 집단일지도 모른다. 다양한 인격과 다양한 도덕관을 가진 사람들을 관찰하는 것은 즐거운 일이며, 또한 유익한 일이 될 것이다. 게다가 모임을 이끌어 가는 주류는 훌륭한 사람들이다. 눈살을 찌푸려야 할 인물은 절대로 들어갈 수 없다.

그런 의미에서 말한다면, 신분이 높은 사람들만의 모임은 그 지방에서 훌륭하다고 인정받고 있지 못하는 한, 교제를 권하고 싶지 않다. 그들은 신분만 높았지 머리가 텅 비었

거나 상식적인 예절도 모르거나, 아무 데도 쓸모없는 사람
일 것이기 때문이다.

학식만 풍부한 인간들이 모인 그룹도 그러하다. 세상으
로부터 정중한 대우를 받거나 존경을 받는 것은 확실하지
만, 교제하는 데 적합한 그룹이라고는 말하기 어렵다. 앞에
서도 말했듯이 그들은 상대방의 마음을 편하게 해 주지 못
한다. 그들이 아는 것은 오직 학문일 뿐, 세상 물정은 잘 모
른다.

네가 능력을 인정받아 그런 그룹에 들어가게 된다면 이
따금 얼굴을 내미는 것만으로 교제를 유지해라. 그러면 너
의 평판이 올라가면 올라갔지 내려가는 일은 없을 것이다.
그러나 결코 그 그룹에 빠져들지는 말아야 한다. 이른바 세
상 물정 모르는 학자들과 한패라고 오해받아 사회 활동에
장애가 될지도 모를 일이다.

대다수의 젊은이들은 재치가 넘치는 인물이나 시인과 함
께 있고 싶어 하고, 그들에게 열중한다. 재치가 있는 사람이
라면 그들과의 만남이 더욱 즐거울 것이고, 그것이 없는 사
람이라도 그들과 교제하고 있는 것만으로도 자랑으로 느낄
것이다. 하지만 그런 재치가 넘치는 매력적인 인물과 교제

하는 경우에도 완전히 빠져들어서는 안 된다. 판단력을 잃지 않고 적당히 거리를 두고 교제하는 편이 좋다.

재치는 남에게 그다지 쉽게 받아들여지는 것은 아니다. 가끔 공포심을 일으키게 하는 경우도 있다. 일반적으로 주위의 이목이 있을 때는 날카로운 재치를 두려워하는 법이다. 그것은 여성들이 총을 보고 두려워하는 것과 비슷하다. 저절로 안전장치가 풀려 탄환이 자기를 목표로 날아오는 것이 아닐까 하고 생각하는 것이다.

그렇지만 이러한 사람들과 알고 친하게 지내는 것은 그 나름대로 의미 있는 일이고 즐거운 일이다. 그러나 아무리 매력이 넘친다 하더라도 다른 사람들과 교제하는 것을 모두

중지하고 그 사람들하고만 교제하는 것은 문제가 있다.

무슨 일이 있어도 피해야 할 것은 수준이 낮은 사람들과 교제하는 일이다. 덕이 모자라고, 지적 수준이 낮고, 사회적 위치도 낮은 그들은 자기가 내세울 만한 것은 아무것도 없이 나와의 교제를 자랑으로 삼고 있는 사람들이다. 그런 사람은 너를 붙잡아 두기 위해 너의 결점까지 일일이 칭찬할 것이다. 그런 사람들과는 절대로 사귀어서는 안 된다.

너는 내가 이런 당연한 것까지 주의를 준다고 생각할지도 모르겠구나. 하지만 나는 수준 낮은 사람들과 사귀어서는 안 된다고 주의를 주는 것이 불필요한 일이라고는 생각지 않는다. 분별도 있고 사회적 지위도 높은 사람들이 그런 사람과 사귀어 자신의 신용을 떨어뜨리고 타락해 가는 모습을 여러 번 보았기 때문이다.

여기서 가장 문제가 되는 것은 허영심이다. 허영심 때문에 인간은 악한 일을 수없이 하고 어리석은 행동을 거듭한다. 그리고 바로 이 허영심이 자기보다 수준이 낮은 사람들과 교제하게 한다.

사람은 누구나 그룹 내에서 첫째가 되기를 바란다. 동료들로부터 칭찬받고 싶고, 존경받고 싶고, 마음대로 동료들을 조종하고 싶다고 생각하는 법이다. 그런 유치한 칭찬의 소리를 듣고 싶어서 수준 낮은 사람들과 교제하는 것이다.

그 결과는 어떨까? 그렇다. 머지않아 자신도 그 사람들과 수준이 똑같이 되어 훌륭한 사람들과 사귀려고 해도 능력이 미치지 못하게 되고 마는 것이다.

되풀이해서 말하지만, 사람은 교제하는 상대에 따라 수준이 올라가기도 하고 내려가기도 한다. 사람들은 교제하는 상대에 따라 너를 판단하고 있음을 명심해라.

노력하는 한
실수는 부끄러운 것이 아니다

나는 지금도 처음 사교장에 나가서 훌륭한 사람들을 소개받았을 때의 일을 똑똑히 기억하고 있다. 아직 케임브리지의 학생티를 벗지 못했던 나는, 저명한 어른들을 눈앞에서 직접 보자 눈이 부시고 두려운 마음에 몸을 제대로 가누지 못한 채 그 자리에 얼어붙어 있었다. 우아하게 행동해야 한다고 자신에게 타일러 보았지만, 몸이 얼어붙어서 누가 말을 걸어와도, 내가 말을 걸려고해도 손발은 물론 머리와 입도 말을 듣지 않더구나.

귓속말로 무엇인가 속삭이고 있는 사람들이 눈에 들어오면 내 이야기를 하고 있다고 생각했다. 마치 그 자리에 있는 사람들 모두가 나를 손가락질하고, 업신여기고, 비판하고 있는 것 같았다. 다시 생각해 보면 나 같은 풋내기 따위에게 눈짓 한 번 줄 사람이 있을 리 없는데 말이다. 나는 한동안 마치 감옥에 들어가 있는 죄수와 같은 심정으로 그 자리에 있었다. 만일 눈앞에 있는 사람들과 교제하면서 자신을 갈고닦겠다는 강한 결의와 의지가 없었다면 그 자리에서 슬그머니 도망쳐 나왔을 것이다.

하지만 나는 끝까지 그 자리에 남아 있었다. 무슨 일이 있더라도 그 자리에 어울리지 않으면 안 된다고 생각했단다. 그렇게 생각하고 나니 조금은 마음이 편안해지는 것 같더구나. 더 이상 조금 전과 같은 보기 흉한 행동은 하지 않았다. 누가 말을 걸어와도 우물쭈물하거나 더듬거리지 않고 대답할 수 있었다.

때로는 내가 곤혹스러워하는 모습을 본 사람들이 잠시 틈이 나면 내 곁으로 와 말을 걸어 주었다. 나는 천사가 나를 위로하고 나에게 용기를 북돋워 주려고 온 것이라고 생각했다.

그러자 조금씩 용기가 나기 시작했다. 나는 품위가 있어 보이는 부인 곁으로 다가가서 용기를 내어 "오늘은 좋은 날씨로군요" 하고 말을 걸었다. 그 부인은 매우 정중하게 "나도 그렇게 생각해요"라고 대답해 주었다. 그것으로 대화가 끊어졌다. 적어도 나로서는 계속할 말을 찾아낼 수가 없었다. 그때 그 부인이 다시 한번 입을 열었다.

"너무 긴장할 것 없어요. 나에게 말을 거는 데 많은 용기가 필요하셨던 것 같군요. 하지만 그렇다고 해서 이곳에 계신 분들과의 교제를 단념할 생각을 해서는 안 됩니다. 당신이 어울리려고 노력하고 있다는 것을 다른 분들도 알고 계세요. 그 마음이 중요합니다. 그다음에는 방법을 몸에 익히는 것뿐이에요. 당신은 자신이 생각하고 있는 것만큼 서투르지 않아요. 수업을 쌓으면 머지않아 훌륭하게 하실 수 있을 거예요. 제 수업을 받고 싶으시다면 나의 제자로 삼아 친구들에게 소개해 드릴 수도 있답니다."

부인에게 이 말을 듣고 내가 얼마나 기뻐했는지 너는 상상할 수도 없을 것이다. 나는 두세 번 헛기침을 하고 어색하게 입을 열었다. 그렇게 하지 않고서는 목구멍에 뭔가가 걸린 것 같아서 목소리를 낼 수 없을 지경이었다.

"여러분, 내가 이 젊은 분의 교육을 맡게 됐어요. 이분도 그것을 매우 기뻐하고 계십니다. 이분은 틀림없이 내가 마음에 드셨던 모양입니다. 그렇지 않다면 내 곁으로 와서 몸을 떨면서도 용기를 내어 말을 걸지 않았을 거예요. 여러분도 도와주세요. 우리 이 젊은 분을 세련된 분으로 만들어 드립시다. 이분에게는 본보기가 필요합니다. 만일 내가 적절치 못하다고 생각하신다면 다른 분을 찾으시겠지만 그런다고 해도 이분을 원망하지는 않을 거예요."

부인의 말을 듣고 그 자리에 있던 서너 명이 웃었단다. 나는 어리둥절한 표정으로 묵묵히 서 있었지. 그 부인이 진심으로 말하는 것인지, 그렇지 않으면 나를 놀리는 것인지 도무지 알 수가 없었다. 나는 한편으론 기쁘기도 하고 부럽기도 했으나, 또 한편으론 용기를 얻기도 하고 실망도 하면서 듣고 있었다.

그러나 나중에 진심을 알게 되었다. 이 부인도, 그리고 이 부인이 소개해 준 사람들도 손님들 앞에서 나를 정말로 친절하게 감싸 주었던 것이다. 나는 점점 자신감이 붙기 시작했다. 우아하게 행동하는 것이 이제는 어설프지 않게 되었다. 좋은 본보기를 발견하면 열심히 그것을 흉내 낼 수 있게 되었고, 마침내 거기에 내 나름대로의 방법을 가미할 수 있게 되었다.

너도 역시 남에게 호감을 받거나 세상에 나가서 남 못지 않은 일을 하고 싶다고 생각한다면 못할 것도 없단다. 의욕과 끈기만 있다면 말이다.

젊은이다운 무모함에
신중함을 갖추어라

젊은 사람은 사람이든 사물이든 과대평가를 하곤 한다. 그것은 본질을 잘 모르기 때문이다. 알면 알수록 평가의 정도는 차츰 떨어지게 마련이다. 사람은 네가 생각하는 만큼 이지적이고 이성적인 동물이 아니다. 감정에 지배를 받고 쉽게 무너져 버리기도 하는 나약한 동물이다.

일반적으로 유능하다고 알려진 사람이라도 절대적이지 않다는 것은 너도 잘 알 것이다. 그래도 여전히 '유능하다'는 것은 다른 사람과 비교했을 때 평가 우위를 점유하고 있다는 말이다. 즉 다른 사람에 비해 결점이 적다는 것이다.

유능한 사람은 우선 자신을 억제하고 결점을 줄임으로써

나머지 대다수 사람들을 쉽게 다룬다. 상대방을 다루는 데에 있어서는 이성에 호소하는 어리석은 행동은 하지 않는다. 감정이나 감각 등 다루기 쉬운 면을 교묘하게 이용한다. 따라서 거의 실패하지 않는다.

하지만 위대하다거나 완벽하다고 여겨지는 사람들에게 결점이 없었던 것은 아니다. 저 위대한 브루투스Brutus(로마의 정치가, 군인)도 마케도니아에서는 도둑이나 다름없는 짓을 했었다. 프랑스의 추기경 리슐리외Richelieu(프랑스의 정치가)도 그렇다. 자신의 시적 재능을 조금이라도 높이 평가받기 위해서 보기에도 딱한 행동을 하지 않았던가. 말버러Marlborough(영국의 군인) 공작도 마찬가지였다. 우리는 그에게서 인색한 면을 자주 보았다.

네 자신의 눈으로 인간이란 어떤 존재인지 알게 되기까지는 라 로슈푸코의 〈격언집〉을 읽어 보는 것이 좋겠다. 이 작은 책자를 하루 중 몇 분이라도 좋으니 매일 읽어 보도록 해라. 아마도 이 책만큼 인간의 있는 그대로의 모습을 정확하게 파악하고 있는 책도 없으리라 생각된다. 이 책을 읽으면 인간을 필요 이상으로 과대평가하는 일은 없을 것이다. 그렇다고 인간을 부당하게 과소평가하고 있는 책이 아니라는 것은 내가 보증하겠다.

　너와 비슷한 나이의 젊은이들은 언제나 무모하리만큼 에
너지가 넘쳐흐른다. 길을 닦아 주지 않으면 어디로 갈지 가
늠할 수 없으며, 자칫하면 넘어져 목뼈가 부러질 염려도 있
다. 그렇지만 이런 젊은이들의 무모함이 비난만 받는 것은
아니다. 다만 거기에 신중함과 조심스러움이 더해진다면 사

람들에게 보다 더 큰 환영을 받게 될 것이다.

그러므로 들뜨고 경박한 마음은 버리고, 젊은이다운 쾌활함과 밝은 마음을 가지고 당당히 세상 속으로 들어가 보아라. 젊은이의 발랄하고 기운찬 모습은 사람의 마음을 사로잡는다.

가능하다면 만나게 될 사람들의 성격이나 그가 처해 있는 상황을 미리 조사해서 무계획적으로, 이것저것 지레짐작으로 말을 하지 않도록 하는 것이 좋다. 경박해서 나타나는 변이나 지레짐작은 고의적인 것이 아니더라도 상대편을 화나게 하는 수가 있다는 것을 명심해라.

네가 만나게 될 사람들 중에는 꼭 착한 마음씨를 가진 사람만 있는 것이 아니다. 그와 비례하여 나쁜 마음씨를 가진 사람도 그 이상으로 있을 것이다. 남의 잘못을 평가하고 비판하기 좋아하는 사람도 있을 것이고, 더 비판을 받아 마땅한 사람도 많을 것이다. 그런 사람들과 함께 있을 때에는 그 자리에 있는 거의 모든 사람에게 해당되는 장점을 칭찬해 주거나 단점을 옹호해 주어라. 그렇게 하면 그것이 아무리 일반적인 내용이라고 해도 자기 자신을 두고 한 칭찬이라고 생각하여 기뻐할 것임에 틀림없다.

사람은 특히 자신보다 뛰어난 사람들 속에 끼어서 남보다 자신이 못하다고 생각되면 언제나 남들에 의해 자신이 주목받고 있는 것 같은 느낌을 받는다. 남들이 작은 목소리로 소곤거리면 자신을 흉보고 있는 것이라 생각하고, 웃고 있으면 자기를 보고 비웃는 것이라 생각하게 되는 것이다. 또 뜻을 정확히 알아들을 수 없는 말을 듣게 될 경우, 그 말을 억지로 자신에게 적용시킨 후 그럴듯하게 유추해서 틀림없이 자기를 두고 한 말이라고 생각해 버린다. 스크라브의 〈계략Stratagem〉이란 책에 기술되어 있는 것처럼, "저렇게 큰 목소리로 웃고 있는 것을 보니 나를 보고 웃고 있는 게 틀림없어"라고 생각하고 좌절해 버리는 것이다. 그렇다 해도 뛰어난 사람들 속에 섞여서 겪는 거듭된 실패나 좌절이 꼭 나쁜 것은 아니다. 그 와중에 너도 차츰 세련된 태도를 익히게 될 것이기 때문이다.

네가 가장 친하게 지내고 있는 사람 5, 6명에게, "저는 젊고 경험이 부족해서 본의 아니게 무례한 짓을 저지르곤 합니다. 제가 그러는 걸 발견했을 때는 사양 마시고 지적해 주시지 않겠습니까?" 하고 부탁해 보아라. 그 사람의 성별이 무엇인지는 중요하지 않다. 그리고 지적을 받았을 때에는 우정의 증거라고 생각하고, 진심으로 "감사합니다"라고 말하는 것도 잊지 말아라.

자신의 부족함을 진실로 인정하고 정중하게 상대편의 도움을 청하며, 또 상대의 도움에 감사의 뜻을 진심으로 표한다면, 상대방 역시 너에게 좋은 인상을 가질 것이다. 아울러다른 사람에게도 그 이야기를 해서 너에게 힘이 되도록 주선해 줄 것이다. 이로써 점차 많은 사람들이 친밀한 마음으로 너에게 네가 행하는 무례한 행위나 부적절한 언동을 충고하게 될 것이다. 그리고 너는 이 충고를 바탕으로 자신을다스려 차츰 그 어떤 상황에서도 자신 있는 자유로운 인간으로 성장하게 될 것이다. 이야기하는 상대, 함께 있는 상대여하에 따라서 자신을 변화시켜 가며 행동할 수 있게 될 것이다.

적당한 허영심은
능력을 키워 주는 자극제다

허영심을 좀 더 부드럽게
표현하면 남에게 칭찬받고 싶어 하는 마음이다. 이것은 시
대를 막론하고 어떤 사람이나 가지고 있는 마음이기도 하
다. 이런 마음이 부풀어 올라 어리석은 언행이나 범죄를 저
지르기도 한다. 그러나 대개 남에게 칭찬받고 싶어 하는 마
음은 자신의 발전으로 이어진다. 물론 그러기 위해서는 그
것에 상응하는 깊은 사려와 발전하고자 하는 의지가 있어야
하지만, 결과적으로 본다면 허영심은 소중하게 길러도 좋은
마음인 것이다.

다른 사람으로부터 인정받거나 칭찬받고 싶다는 마음이
없다면, 우리는 무슨 일에나 무관심할 것이고 그 어떤 것에

도 하고자 하는 의지를 보이지 않게 될 것이다. 이러한 의지의 상실은 아무것도 하지 않게 되는 결과를 낳는다. 결국 자신의 능력이 무엇이든지 상관없이 발휘해 보지도 못하게 된다. 따라서 자연히 자기 능력 이하로 평가될 수밖에 없다.

그러나 허영심이 강한 사람은 그렇지 않다. 실력 이상으로 보이기 위해 열심히 노력한다.

나는 여태껏 너에게 무엇이든 좋은 일이든 나쁜 일이든 숨기지 않고 이야기해 왔다. 앞으로도 그것이 나의 결점일지라도 숨기지 않을 작정이다. 그런 이유에서 말하자면 실은 나도 사람들이 결점이라고 부르는 허영심을 많이 가진 인간이었다. 그러나 나는 그것을 나쁘게 생각한 적이 없다. 오히려 허영심이 있어서 다행이었다고 생각한다. 만일 나에게 사람들로부터 칭찬받는 그 어떤 것이 있다면, 그것은 허영심이 나를 강하게 부추긴 덕분이라고 생각한다.

나는 강한 출세욕을 품고 사회에 나왔다. 어떤 일이 있어도 사람들로부터 인정받아야 한다, 칭찬을 듣고 신망을 얻어야 한다는 남달리 뜨거운 욕심을 가슴에 품고 사회에 첫발을 내디뎠다. 그 욕심 때문에 어리석은 행동으로 치달은 적도 있지만 그것 못지않게 현명한 행동을 하게 되기도 했다고 생각한다.

친구들이 모여 있을 때 나는 누구보다도 훌륭하게 되겠다는 뜻을 품고 있었다. 무리 중에서 가장 빛나는 사람이 되겠다고 마음먹고 있었다. 그런 욕심이 나의 잠재 능력을 끌어내어 비록 첫째는 될 수 없었지만 둘째, 셋째는 가능하게 하였다.

이윽고 나는 일종의 관심의 대상, 즉 무리의 중심적 존재가 되었다. 남녀를 불문하고 어떤 모임도 반드시 나를 초청했고, 내가 그 모임의 분위기를 어느 정도 좌우하게 되었다. 일단 이 정도가 되면 내가 하는 일마다 모두 옳다고 생각하게 되는데 나의 경우도 마찬가지였다. 나의 방식이 유행이 되었다. 또 모두가 나의 언행을 따라 하려고 했다. 그것을 곁에서 본다는 것은 정말 즐거운 일이었다.

그런 이유 때문인지 내력 있는 가문의 부인들 사이에 뜬소문이 떠돌기도 했다. 그리고 고백하건대 그 근거 없는 뜬소문이 사실이 되어 버린 일도 몇 번인가 있었다.

나는 남성을 대하게 되면 상대방을 만족시키기 위해 프로테우스(그리스 신화에 나오는 바다의 신으로 여러 가지 모습으로 둔갑할 수 있으며 예언력이 있다)처럼 변신했다. 명랑한 사람들 속에 끼었을 때는 명랑하게 행동했고, 위엄이 있는 사람들과 있으면 누구보다도 위엄 있게 행동했다. 또한 사람들이 조금이라도 내게 호의를 표현하거나 친구가 뭔가 도움을 주었을 때에는 결코 그대로 지나치지 않았다. 일일이 진심이 우러나는 감사의 표현을 잊지 않았다.

그러자 이런 나의 행동은 상대방을 만족하게 했고, 나아가 그와 더욱 친해지는 계기가 되기도 했다. 나의 이러한 처신은 잠깐 사이에 그 지방의 명사를 비롯한 여러 계층의 사람들과 친하게 만들어 주었다.

철학자는 허영심을 '인간이 지닌 천한 마음'이라고 부른다. 그러나 나의 생각은 다르다. 허영심이 있었기 때문에 비로소 오늘날의 '나'라고 하는 인격이 형성될 수 있었기 때문이다. 그리고 너에게도 젊은 날의 나와 같이 어느 정도의 허영심이 있었으면 좋겠다. 허영심만큼 인간을 출세시키는 것도 없으니까 말이다.

할 수 있다는 믿음이
능력을 만든다

얼마 전에 로마에서 갓 귀국한 분에게 전해 들은 너에 관한 이야기는 나를 정말로 기쁘게 했다. 그분은 너만큼 로마에서 환대받는 사람은 없을 거라 하더구나. 틀림없이 파리에서도 로마에서와 마찬가지로 환대를 받을 것으로 믿는다.

파리 사람들은 원래 친절하기도 하지만, 타지에서 온 사람들, 특히 예의 바르고 마음이 따뜻한 사람에게는 더욱 친절하게 대한다. 그렇다고 그들의 호의를 당연하게 누리기만 해서는 안 된다. 그들에게 네가 자신들의 나라를 사랑하고 있고, 자기들의 관습에 호감을 갖고 있다는 것을 느끼게 해주어야 한다. 그렇게 되면 그들도 매우 기뻐할 것이다.

그렇다고 그런 마음을 일부러 드러낸다거나 직접 말로 표현하는 것은 바람직하지 않다. 그렇게 하는 것이 꼭 나쁘다고는 할 수 없지만, 그런 마음은 태도로도 충분히 전할 수 있기 때문이다.

나는 네가 파리에서 환대를 받게 되면 어느 정도는 답례를 하는 것이 좋다고 생각한다. 나의 경우, 만일 아프리카에 가게 되었는데 그곳에서 따뜻한 환대를 받게 된다면 상대가 누구든 관계없이 진심으로 고마움을 전할 것이다. 네 생각은 어떤지 궁금하구나.

네가 파리에서 지내는 동안의 거처는 이미 마련해 놓았다. 즉시 기숙사에 입주할 수 있게 될 것이다. 나는 네가 이 일에 진실로 기뻐했으면 한다.

최소한 반 년 동안 기숙사에 기거할 수 있다는 것은 실로 행운이라고 할 수 있다. 단순히 생각해 보더라도 호텔에 머물면 학교까지 가는 시간이 낭비가 된다. 날씨가 나쁘기라도 하면 더욱 그럴 것이다. 그러나 이것은 아주 작은 이점에 지나지 않는다.

기숙사에 기거하면 무엇보다 파리의 상류 사회 젊은이의 대부분과 교분을 가질 수 있는 기회를 얻게 된다. 얼마 안

있어 그들 덕택으로 너도 파리 사교계의 일원으로 따뜻하게 맞아들여질 것이다. 내가 아는 범위 내에서는 이런 다 차려진 밥상을 받은 영국인은 네가 처음이다. 게다가 기숙사에 소요되는 비용도 큰 액수가 아니므로 경제적인 부담도 적다. 그러므로 네가 학비 문제로 쓸데없이 걱정하는 일이 없었으면 좋겠다.

게다가 너의 프랑스어는 거의 완벽하다고 할 수 있으므로 곧 프랑스 사회에 익숙해지는 데 무리가 없을 것이다. 그러므로 지금까지 파리에서 생활한 그 누구보다도 알찬 시간을 보내게 될 것이다. 이것 이외에 더 무엇을 바라겠느냐?

유감스럽게도 프랑스로 간 영국 청년들 대부분은 프랑스어 실력이 그다지 뛰어나지 않다. 그뿐 아니라 사람들과 교제하는 방법도 모르기 때문에 그들은 자기표현을 잘하지 못한다. 언어도 미숙하고 교제 방법도 모르고서야 프랑스 사회를 어떻게 제대로 이해할 수 있겠느냐? 그런 청년들은 점점 주눅이 들고 겁을 먹게 된다. 겁이 많고 자신이 없는 사람은 항상 자기보다 수준 이하의 상대와 사귀게 된다. 또 무엇을 하든지 간에 스스로 '할 수 없다'고 생각하면 실제로 할 수 없다. '한번 해 보자'고 결심하고 노력하며, '할 수 있다'고 자기 자신을 타이르면 무엇이든 할 수 있게 되는 법인데도 말이다.

너도 교양도 없고, 특별히 능력이 뛰어나지 않은데도 명랑하고 적극적이며 끈기와 인내가 있다는 것만으로 출세한 사람을 본 경험이 있을 것이다. 그런 사람은 상대가 남성이든 여성이든 상관없이 그 누구에게도 거부당하는 일이 없다. 또 힘든 일에 부딪혀도 좌절하거나 포기하지 않는다. 두 번, 세 번 넘어져도 또다시 일어나서 전진한다. 그리고 종국에는 백이면 백, 뜻한 바를 이루고야 만다. 이 얼마나 훌륭하냐?

너도 이들의 태도를 본받았으면 좋겠다. 너의 인격과 교양이라면 이들보다도 훨씬 빨리, 훨씬 확실히 목표에 도달할 것이다. 너에게는 남보다 뛰어난 자질이 있으며 다시 일어설 수 있는 힘도 있다.

사회에서 필요한 재능을 갖추는 일은 어렵지만 매우 중요한 일이다. 그러나 확고한 자기 생각을 갖고, 그것을 남 앞에서 불필요하게 드러내지 않으며, 확고한 의지와 불굴의 끈기가 있으면 두려울 것이 없다. 어떤 일이든 남에게 해를 끼치지 않는 범위에서 수단과 방법을 모두 동원해 도전한다면 성공할 수 있다. 한 가지 방법으로 안 된다면 다른 방법으로 시도하여 상대에 알맞은 방법을 찾아내면 된다.

우리는 역사적으로 강력한 의지와 불굴의 끈기로 인해 마음먹은 대로 성공을 쟁취한 위대한 인물을 쉽게 찾아볼 수 있다. 돈 루이 드 알로를 보자. 그는 여러 번에 걸친 끈질긴 교섭 끝에 마자랭Mazarin(프랑스의 정치가, 추기경)과 피레네 조약을 체결한 재상이다.

돈 루이는 스페인 사람 특유의 냉정한 침착성과 인내력을 겸비한 인물이었다. 한편 마자랭은 이탈리아의 쾌활함과 성급함을 갖춘 인물이었다. 교섭 당시 테이블에 앉은 마자랭의 최대 고민은 파리에 있는 숙적 콩테 공이 다시 반란을 일으키지 못하도록 저지하는 일이었다. 파리를 비워 두고 있으면 무슨 일이 일어날지 모르는 상황이었던 것이다. 그래서 마자랭은 조약을 서둘러 체결하고 하루라도 빨리 파리로 돌아가고 싶어 했다.

돈 루이는 이것을 눈치 채고 있었다. 그래서 교섭을 할 때마다 콩테 공의 이야기를 꺼냈고 마자랭은 한때 교섭 테이블에 앉는 일조차 거부할 정도로 불안해했다. 결국 조약은 마자랭이나 프랑스 왕조의 의향과 이익에 반하는 내용으로 체결된다. 시종 변함없는 냉정함과 타고난 끈기로 일관했던 돈 루이의 승리였던 것이다.

핵심은 불가능한 것과 가능한 것을 분별하는 능력이 중요하다는 것이다. 단순히 문제가 어려울 뿐 불가능한 것이 아니라면, 끝까지 관철시키려는 정신력과 끈기로 헤쳐 나갈 수 있기 때문이다. 물론 그에 앞서서 주의력과 집중력이 필요하다는 것은 두말할 필요도 없다.

7

지혜로운
대인관계를
위해

◇◇◇◇◇◇◇◇◇◇◇◇◇◇◇◇◇◇◇◇◇◇◇◇◇◇◇◇◇◇

대화의 내용은 될 수 있으면
그곳에 모인 사람들이 좋아할 만하고,
동시에 도움이 될 만한
화제를 고르는 것이 좋다.

결점을 들키고 싶지 않다면
말을 아껴야 한다

앞에서 어떤 사람들과 교제를 해야 하는가에 대해 이야기를 했으니, 이제 그런 사람들과 사귈 때에 어떻게 행동하면 되는지를 얘기하고 싶구나. 오랜 세월에 걸친 체험과 관찰에서 얻어진 결과이니 다소 도움이 되리라 생각한다.

제일 먼저 하고 싶은 말은 아무리 훌륭한 사람들과 깊은 우호 관계를 맺는다 하더라도 너에게 상대방을 기쁘게 해주려는 마음이 없다면 아무 소용이 없다는 점이다.

언젠가 네가 스위스를 여행하고 있었을 때, 친절하고 정성 어린 대접을 받아서 매우 즐거웠다고 편지를 보내온 일이 있었다. 그때 나는 너를 친절하게 보살펴 주신 분들에게 감사의 편지를 써서 보냈고, 또 너에게도 다음과 같은 편지를 보냈다.

'만일 자기에게 마음을 써 준 것이 그렇게 기쁘고 고마웠다면, 너도 다른 사람에게 친절하게 대해라. 네가 진심에서 우러나는 마음으로 상대방을 대한다면 그렇게 해 주는 만큼 상대방도 기쁘게 된다.'

기억이 나는지 모르겠구나.

사람은 사랑하는 사람이나 존경하는 친구에게는 자발적으로 상대방을 염려하고 기쁘게 해 주고자 하는 마음이 솟아오르는 법이다. 이런 마음가짐이 없으면 실제로 남을 기쁘게 해 줄 수가 없다. 교제의 원칙은 바로 이와 같이 상대를 생각하는 마음가짐이다. 이런 마음가짐의 토대를 구축한다면, 어떤 말과 행동을 취해야 좋은지를 저절로 알게 될 것이다.

다른 사람을 기쁘게 해 주고자 하는 마음은 누구나 갖고 있다. 그러나 교제하면서 실제로 남을 기쁘게 하는 방법을 알고 있는 사람은 드물다. 너는 이것을 알아주었으면 한다. 그렇다고 해서 이렇다 할 특별한 규정이 있는 것은 아니다. 다만 자기가 받아서 기분이 좋았다면 다른 사람에게도 똑같이 해 주면 되는 것이다. 잘 생각해 보아라. 어떤 대접을 받았을 때 너의 마음이 기뻤는지. 그것을 알면 그와 똑같이 대하면 되는 거란다. 상대방도 틀림없이 기뻐할 것이다.

그렇다면 실제로 상대방을 기쁘게 해 주는 좋은 인간관계를 맺기 위해 유념해야 할 점은 무엇일까?

우선 말을 잘하는 것은 좋은 일이지만 혼자서 계속 지루하게 지껄이는 것은 좋지 않다. 혹시 오랫동안 이야기를 해야 할 일이 생긴다면, 적어도 그 말을 듣는 사람으로 하여금 무료감을 느끼지 않도록 해야 하고, 또 될 수 있으면 그가 즐겁게 들을 수 있도록 유념해야 한다. 또 시간은 최소한으로 압축하는 것이 좋다.

애당초 대화라는 것은 독백과는 의미가 다르므로 혼자 독점하는 것이 아니란다. 너 혼자서 모든 사람의 몫까지 부담할 필요는 없다. 각자에게 자기 몫의 지불 능력이 있을 경우, 너는 네 몫만을 지불하면 되는 거란다.

혼자서 질질 시간을 끌며 지루한 말을 늘어놓는 사람을 흔히 보게 되는데, 그런 사람은 가장 말수가 적은 사람이나 우연히 자기 옆에 앉게 된 사람을 붙잡고 쉬지 않고 말을 잇는다. 이런 것이야말로 예의에 몹시 어긋나는 행동이다. 게다가 이것은 공평한 태도라고는 도저히 말할 수 없을 것이다. 대화는 공동으로 만들어 내는 것이란다.

그러나 반대로 네가 그런 몰지각한 사람에게 붙잡힐 경우도 있을 것이다. 더욱이 참아야만 하는 상대일 수도 있다. 그럴 때에는 적어도 겉으로는 그 사람에게 주의를 기울이는 척하면서 꾹 참고 견뎌야 한단다. 매정하게 거절해서는 안 된다. 그 사람에게는 잠자코 귀를 기울여 주는 것만큼 기쁜 일이 없을 테니 말이다. 이야기하고 있는 도중에 등을 돌린다거나 마지못해 듣는 태도를 보인다면 그는 너에게 모욕을 받았다고 생각하게 될 것이다.

대화의 내용은 될 수 있으면 그곳에 모인 사람들이 좋아할 만하고, 동시에 도움이 될 만한 화제를 고르는 것이 좋다. 역사 이야기나 문학 이야기, 다른 나라에 관한 이야기 등은 날씨라든가 의상, 또는 근거 없는 뜬소문을 늘어놓는 것보다 훨씬 유익하고 즐겁다.

가볍고 좀 익살스러운 이야기가 필요할 때도 있다. 내용으로는 아무런 쓸모도 없지만, 분야가 다른 여러 종류의 사람들이 모였을 때는 공통의 화제로 가장 적합하다고 할 수 있다.

특히 협상을 할 때 더 이상 계속하다가는 험악한 분위기로 변할 것 같다면 무거운 분위기를 단숨에 불식시켜 주는 가벼운 이야기가 필요하다. 가벼운 주제라고 부끄럽게 생각할 필요는 없다. 자연스럽게 음식에 관한 이야기를 한다거나 포도주의 향기나 제조법 등으로 화제를 돌려 보아라. 이것이야말로 세련된 화술인 것이다.

상대방에 따라 화제를 바꾸어야 한다는 것은 새삼스럽게 강조할 필요가 없을 것이다. 인생 경험이 풍부하다면 충분히 알 수 있는 것들이지만, 배우지 않았다고 해서 언제나 똑같은 화제를 같은 태도로 끌어낼 정도로 네가 바보는 아니라고 믿는다.

정치가나 철학자에게는 걸맞은 화제가 따로 있다. 그리고 여성에게는 여성에 맞는 적합한 화제가 있다. 상대방에 맞춰서 화제를 선택해라. 이것은 사악한 태도도, 야비한 태도도 아니다. 말하자면 타인과의 교제에 있어서 없어서는 안 되는 윤활유와 같은 것이다.

네가 그 장소의 분위기를 책임지려고 할 필요는 없다. 주변 분위기에 자신을 맞추는 편이 좋다. 그 자리의 분위기를 잘 헤아려서 진지해야 할 때는 진지하게, 명랑해야 할 때는 명랑하게 행동해라. 가끔 농담을 건네는 것도 필요하다. 이 것이 많은 사람과 함께 이야기할 때의 에티켓인 것이다.

자기 자신이 일부러 말하지 않더라도 그 사람이 좋은 인격을 지니고 있다면 어떤 대화 속에서도 자연히 스며 나오기 마련이다. 그리고 만약 자신에게 자신감이 없다면, 화제를 직접 선택하기보다는 남의 이야기에 묵묵히 맞장구를 쳐주는 편이 오히려 나을 것이다.

의견이 대립될 수 있는 화제는 가급적 피하는 편이 좋다. 의견이 다르면 대화의 분위기가 잠시 험악해질 수도 있기 때문이다. 의견이 서로 달라 토론이 뜨거워지면 얼버무려서 다른 화제로 돌리든가 기지를 살려서 그 화제에 따른 대화를 마치게 하는 것이 바람직하다.

대화에 있어서 절대로 해서는 안 될 것이 있다. 그것은 제일 먼저 자신에 관해 말하는 것이다. 아무리 훌륭한 인격의 소유자라도 자신의 이야기를 하게 될 때는 허영심이나 자존심이 자연히 머리를 쳐들고 나와 사람들에게 불쾌감을 주기 마련이다.

자기 자신의 이야기에도 그 종류는 여러 가지가 있다. 화제의 흐름과는 전혀 관계없는 자기 이야기를 끄집어내 결국은 자기 자랑으로 끝내 버리는 사람이 있는데, 이것은 이만저만 실례가 아니다. 또한 보다 교묘하게 자기 이야기를 끌어내는 사람도 있다. 예를 들면 마치 자기가 터무니없는 비방을 받고 있는 것처럼 행동하며, 그런 비난은 부당하다는 듯이 자신의 장점을 늘어놓으면서 자신을 정당화하고 결국은 자기를 자랑하는 것이다.

"나도 말하고 싶지 않아요. 사실 말하지 않았던 것입니다. 그렇지만 너무해요. 이런 말을 하는 것은 정말 우습지만, 내가 하지도 않은 일로 이렇게 심한 비난을 받지 않았다면 나도 결코 이런 말은 하지 않을 거예요."

그들의 말은 대체로 이렇다. 정의라는 것은 누구에게나 있다. 그렇기 때문에 비난을 받으면 그 혐의를 벗기 위해 보통 때 같으면 입에 담지 않을 말까지 한다. 이 얼마나 얄팍한 속셈인가. 긍정적 측면의 허영심이 아닌 쓸데없는 허영심을 위해 망설이는 기색도 없이 겸손함을 팽개치는 것이다. 이런 사람들에게 겸손 따위가 있을 리 없다.

마찬가지로 자기 이야기를 하며 음흉스럽게 자기를 비하시키는 방법을 쓰는 사람도 있다. 이것은 더욱 어리석은 짓이다. 우선 그들은 자신이 약한 인간이라고 고백한다. 그런 다음 자신의 불행을 한탄하고, 신에게 정의롭게 살겠다고 맹세하는 것이다.

그러나 그런 식으로 불행을 한탄하면 주위 사람들은 동정하는 대신 곤혹스러워할 뿐이다. 묘하게도 당사자들의 말대로 그들에게는 힘이 부족하다. 그러므로 어떻게 해 줄 수도 없다. 도와줄 능력이 없어 불행하다는 인간을 주위 사람들은 그저 곤혹스러워할 수밖에 없는 것이다.

그런데 그것까지 생각지 못하는 그들은, 자신이 바보스러운 짓을 하고 있다는 것을 알면서도 푸념을 늘어놓을 수밖에 없는 것이다. 그들 자신도 결과를 모르는 것은 아니다. 자기처럼 결점투성이의 인간은 성공은커녕 사회에서 순탄하게 살아가는 일조차 어렵다는 사실을 잘 알고 있다. 그런데도 그 버릇을 고치지도 못한다. 그래서 전력을 기울여 최후의 몸부림을 치며 매달리고 있는 것이다. 그런 일이 있을 수 있을까 생각할지도 모르지만, 이것은 사실이란다. 너도 여기저기서 이런 사람을 만날 기회가 있을 테니 주의해서 관찰해 보기 바란다.

그러나 이런 식으로 허영심이나 자존심이 표면에 나타나지 않는 것은 그래도 나은 편이다. 심한 경우에는 그야말로 별의별 하찮은 것까지 끌어다 대면서 노골적으로 자기 자랑을 하는 사람도 있다.

너도 칭찬받고 싶다는 일념에서 자기 자랑을 늘어놓는 사람을 본 일이 있을 것이다. 그런데 만약 그들의 말이 사실이라 할지라도 실제로 그 때문에 칭찬받는 일은 없다.

예를 들면 자기가 그 유명한 가문의 누구누구의 후손이라느니, 친척이라느니, 또는 잘 아는 사이라느니 하는 등의 이야기를 자랑스럽게 늘어놓는 사람을 보게 될 것이다. 그러나 틀림없이 그들은 서로 만난 적도 없을 것이다. 그것이 정말이라고 해도, 그것이 어쨌다는 말인가? 그렇다고 해서 그 사람이 위대해지는 것은 아니다.

또는 포도주를 혼자서 5, 6병이나 해치웠다면서 자랑스럽게 떠들어 대는 사람이 있다. 그렇게 얘기하는 사람이 있다면 그것은 거짓말이다. 그렇지 않다면 그 사람은 괴물임에 틀림없다.

이처럼 사람들은 허영심 때문에 터무니없는 소리를 하거나 과장된 이야기를 늘어놓는다. 그리고 그것으로 인해 본래의 목적과는 달리 오히려 자기에

대한 평가를 떨어뜨린다. 본질과 전혀 관계없는 것을 자랑하는 일은 자기 스스로 실속이 없다고 폭로하는 것이나 마찬가지라는 것을 명심해라.

이 같은 어리석은 행위로부터 자신을 지키는 유일한 방법은 자기에 관한 말을 하지 않는 일이다. 경력처럼 아무래도 자기 이야기를 꼭 해야 할 때도 있다. 이때에도 직접적인 것이든 간접적인 것이든 자랑을 하고 있다는 오해를 받지 않도록 해야 한다.

인격이라는 것은 선악에 관계없이 언젠가는 알려지기 마련이다. 일부러 자기가 나서서 말할 필요가 없다. 오히려 본인이 자기 입으로 말하면 아무도 그것을 믿으려 하지 않을 것이다.

자기 입으로 말해서 그 결점을 숨길 수 있다든가 자기의 장점을 한층 빛낼 수 있을 거라는 생각은 잘못된 것이다. 그렇게 하면 결점은 한층 두드러지게 나타나고 장점은 더욱 가려질 것이다.

아무리 교묘하게 변장을 잘했다고 자부하더라도 자기 스

스로 그것을 말하면 주위 사람들에게 반감을 사서 뜻하지 않은 결과를 얻게 될 것이다. 이런 곤경에 처하지 않으려면 자기 이야기를 하지 않는 것이 상책이다.

아무 말도 하지 않고 잠자코 있으면 남들은 오히려 장점이 있다고 생각한다. 아니, 적어도 겸손하다고는 여긴다. 게다가 불필요한 시기나 비난을 사서 부당한 평가를 받는 일도 없다.

눈과 귀를 최대한 활용해야
사람을 잘 읽을 수 있다

무엇을 생각하고 있는지 도무지
알 수 없는 사람이나 어딘가 모르게 성격이 어두워 보이는
사람이 있다. 이런 성격들도 바람직하지 않다. 우선 인상이
좋지 않아 공연한 오해를 받게 되고, 그런 사람들에게는 누
구도 자기 속마음을 털어놓지 않는다. 이래서는 깊이 있는
인간관계를 만들 수 없다.

훌륭한 사람은 신중하면서도 그것을 겉으로 드러내지 않
지만 누구와도 쉽게 마음을 터놓는다. 자기 본심은 굳게 지
키지만 얼핏 보기엔 완전히 개방적인 것처럼 보임으로써 상
대방이 방어를 풀게 만든다.

자신의 본심을 굳게 지켜야 하는 까닭은 경솔하게 무엇

이고 지껄이면 대개는 그것이 어딘가에 인용되어 적당히 이용되기 때문이다. 그렇기 때문에 소탈하게 행동하는 것과 마찬가지로 신중을 기해야 하는 것이다.

말을 할 때는 언제나 상대방의 눈을 보아야 한다. 그렇게 하지 않으면 무엇인가 숨기고 있다는 의심을 받게 된다. 더군다나 말하고 있는 상대방의 눈을 보지 않는 것만큼 결례가 되는 것도 없다. 천장을 쳐다본다거나 창밖을 내다본다거나 담뱃갑 같은 것을 만지작거리는 등의 행동은 마치 지금 이야기를 하고 있는 사람보다 다른 것들이 더 중요하다고 공언하는 것처럼 보인다.

자존심이 센 사람의 경우에 이런 행동을 보면 얼굴을 찌푸리고 심지어 화를 내기도 할 것이다. 계속되는 말이지만 무시를 당하고서 자존심에 상처받지 않는 사람은 없으니 말이다.

상대방의 눈을 보지 않는다는 것은 자신의 인상을 나쁘게 할 뿐만 아니라, 자기 말이 상대방에게 어떻게 받아들여지고 있는지 관찰할 기회를 놓치는 것이다. 상대방의 마음속을 읽으려면 귀보다 눈에 의지해야 한다. 마음에 없는 소리를 입으로 말하는 것은 간단하지만, 눈으로 나타내는 것은 매우 어려운 일이기 때문이다.

다음으로 조심해야 할 것은 자신이 나서서 남의 험담에 귀 기울이거나 뜬소문을 퍼뜨리지 말아야 한다는 것이다. 그런 행실은 우선 당장은 즐거울지 모르나 냉정하게 생각해 보면 아무런 득이 되지 않는다. 오히려 하는 쪽이 비난을 받게 될 뿐이다.

때와 장소를 가리지 않고 큰소리로 웃는 것도 좋지 않다. 그것은 시시한 것에서 기쁨을 찾는 어리석은 자들이 하는 짓이다. 정말 기지가 풍부한 사람이나 분별력 있는 사람은 결코 남의 어리석은 일로 웃기거나 함부로 웃지 않는다. 웃더라도 소리를 내지 않고 조용히 미소만 지을 뿐이다.

너는 절대로 큰소리로 웃는 따위의 천박한 행동을 해서는 안 된다. 낄낄거리며 웃어 대는 것은 어리석음의 증표나 다름없다. 예를 들어 누군가가 의자에 걸터앉으려 했다고 가정하자. 그런데 의자가 없어져 결국 엉덩방아를 찧었고 일시에 와 하고 웃음이 터져 나온다. 이 얼마나 저속한 웃음인가. 이 얼마나 저속한 즐거움이냐! 천박스런 나쁜 장난이나 우발적으로 일어난 하찮은 사건을 보고 크게 웃는 것은 마음이 풍요로워지고 표정이 밝아질 만한 즐거움을 모르기

때문이다. 게다가 그렇게 큰소리로 웃는다면 곁에 있는 사람의 귀에 거슬릴 것이고 보기에도 흉하다.

이런 바보스러운 웃음은 조금만 노력하면 간단히 참을 수 있다. 대체로 웃음은 명랑하고 즐겁고 좋은 것이라고 생각하기 때문에 그런 웃음이 어리석다는 것을 깨닫지 못하는 데 문제가 있다.

이야기를 하면서 이유 없이 웃는 버릇을 가진 사람도 있다. 내가 아는 사람 가운데 와러 씨라는 분이 있는데, 이분의 경우 인격은 매우 뛰어나지만 난처하게도 웃지 않고는 말을 못한다. 이 사람을 잘 모르는 사람은 그런 그의 모습을 보고 처음에는 머리가 조금 이상한 게 아닌가 하고 생각하는데, 그렇게 여겨지는 것도 무리는 아니다.

이 밖에도 그다지 인상에 흠집을 낼 정도로 좋지 않은 버릇은 많이 있단다. 혹시 할 일이 없어 따분하다거나 괜히 으쓱한 기분이 들었을 때 무의식적으로 해 본 동작이 그대로 몸에 굳어 버린 것은 아닌지.

사회에 첫발을 내디뎠을 때는 어찌해야 좋을지 몰라 여러 가지 표정을 지어 보기도 하고, 갖가지 동작을 시도해 보기도 하는 법이다. 그러다 그것이 자기도 모르는 사이에 버릇이 되어 지금까지도 콧등에 손을 올리거나 머리를 긁적거리거나 모자를 만지작거리기도 하는 것이란다. 침착성이 없는 사람을 보고 있으면 어딘지 모르게 어색하고, 그런 버릇이 어디엔가 남아 있기 마련이다. 많은 사람들이 그러하다. 그러나 이런 버릇을 가진 사람이 많으니 나도 그렇게 해도 괜찮다는 것은 아니다. 나쁜 짓을 하고 있는 것은 아니지만, 역시 남이 보기에 눈에 거슬리는 일은 가능한 한 하지 않는 것이 좋다.

무난한 사람보다는
개성 있는 사람이 성공한다

기지나 유머, 농담은 어떤 특정 집단에서만 통용되는 경우가 많다. 이런 것들은 특수한 토양에서 생겨나는 것인지 모른다. 다른 땅에 이식하려고 해도 무리일 때가 많다.

어떤 그룹이나 특유의 배경이라는 것이 있다. 그곳에서 독특한 표현이나 말이 생겨나고 독특한 유머나 농담이 생긴다. 이것을 토양이 다른 별개의 그룹으로 가지고 가 봤자 그것은 무미건조하고 아무런 재미도 없을 뿐만 아니라 한심한 말이 되고 만다.

재미없는 농담만큼 참담한 것도 없다. 분위기는 흥이 깨지고, 심한 경우 무엇이 우스운지 설명해 달라고까지 한다.

그럴 때의 참담한 기분은 새삼스럽게 여기서 설명할 필요조차 없을 것이다.

농담뿐만이 아니다. 어떤 모임에서 들은 얘기를 다른 모임에 가서 경솔하게 입에 담는 행동은 삼가야 한다. 대수로운 일이 아니라고 하겠지만 돌고 돌아서 상상 이상의 중대한 사태를 초래하게 될지도 모른다.

게다가 그런 행동을 하는 것은 무엇보다 예의에 어긋나는 일이다. 규제 같은 것은 없다고 하지만 어딘가에서 들은 대화 내용을 함부로 입 밖에 내지 말아야 한다는 것은 무언의 약속과도 같은 것이다. 또한 그것을 어기면 여기저기서 비난을 받게 될 것이고, 어디를 가나 환영받지 못할 것이다.

어떤 그룹에나 이른바 '호인'이라는 사람이 있다. 좋은 사람이라는 이유 하나만으로 그 집단에 가입하게 된 사람이다. 그들을 잘 관찰해 보면, 사실은 아무런 특색도 없고 매력도 없으며, 자기의 의견이나 의지도 없는 경우가 대부분이다.

그들은 동료들이 한 일이나 말에는 무엇이든지 간단하게 동의하고 양보하며 칭찬한다. 그룹의 대부분이 동의했다는 것만으로 아무리 잘못된 일이라도 그야말로 간단하게 영합

하고 만다. 왜 그런 시시하고 어리석은 짓을 하는 것일까? 그런 행동은 아무런 쓸모가 없다.

나는 네가 좀 더 참신한 이유로 떳떳하게 그룹의 일원이 될 수 있도록 노력했으면 한다. 그러기 위해서는 자기의 의지와 생각을 가지는 것이 중요하다. 또 그것을 표현할 때는 예의가 바르고 유머가 있어야 하며, 가능하다면 품위를 지켜라. 지금 네 나이에는 높은 위치에서 말을 하거나 마치 비난하듯 말하는 태도는 바람직하지 않다. 이른바 '호인'들의 아첨만 아니라면 남에게 친절하게 대하는 것이 가장 좋은 방법이다.

대수롭지 않은 결점 정도는 모르는 체하고, 행동이나 말이 예의에 어긋나더라도 너그럽게 이해해 주어라. 또 어느 정도의 공치사도 인간관계에 있어 중요하다. 공연한 칭찬으로 인해 능력 이상의 결과를 만들기도 하고 칭찬을 받지 않음으로 인해서 그 이상의 향상을 이루지 못하는 경우도 있으니 말이다.

어떤 그룹에나 그 그룹의 화술이나 복장, 취미와 교양을 좌우하는 인물이 있다. 그 사람이 여성이라면 당연히 미모와 기지, 복장 그 밖의 모든 면에서 뛰어난 인물일 것이다. 남성도 비슷한 조건이겠지만 그보다는 그룹 전체를 이끌어 갈 수 있는 인물이냐, 그렇지 못하느냐가 결정적인 요소가 된다. 모든 사람들의 눈이 이런 사람에게 집중되는 것은 자연스러운 것이다. 일종의 위압감이 있기 때문일 것이다.

만약 그를 거역하면 즉시 추방당한다. 어떠한 기지도, 예의범절이나 취미, 혹은 복장도 그 자리에서 거절당한다. 그런 사람에 대해서는 순수하게 따르는 것이 좋다. 약간이라면 아부 정도도 괜찮을 것이다. 그렇게 되면 강력한 추천장을 얻은 것과 같이 그룹 내부뿐만 아니라 가까운 이웃의 영토까지 자유로이 출입할 수 있는 통행증을 손에 넣을 수 있을 것이다.

배려와 칭찬으로
인재를 얻을 수 있다

남을 화나게 만들기보다는 기쁘게 해 주고 싶고, 욕설을 듣기보다 칭찬을 받고 싶고, 미움을 받기보다 사랑을 받고 싶다면 항상 상대방을 배려해야 한다는 점을 잊지 말아야 한다. 사실 그렇게 어려운 일도 아니다.

예를 들어 사람에게는 각기 약간의 버릇이라든가 취미, 좋아하고 싫어하는 것들이 있는데, 이것을 관찰하는 것이다. 그리고 좋아하는 것은 눈앞에 내놓고 싫어하는 것은 뒤로 감춘다. "당신께서 좋아하시는 포도주를 준비해 두었습니다"라고 말하는 정도로 족하다. 또는 "그분은 이 자리에 어울릴 것 같지 않아서 오늘은 모시지 않았습니다"라고 한

마디 하는 것으로 충분하다. 이와 같은 작은 배려는 상대방의 마음을 열게 하며, 상대방은 자기를 위해 세심하게 신경쓰고 있다는 데 감동하게 된다.

그와 반대로 싫어한다는 것을 알고 있으면서도 부주의하게 그것을 내민다거나 하면 결과는 뻔하다. 상대방은 무시당했다고 생각하거나 모욕을 당했다고 생각해서 나쁜 감정을 가질 것이다.

아주 사소한 것이라도 좋다. 사소한 것일수록 오히려 특별한 배려를 받았다고 생각하고, 더 좋은 일을 해 준 것보다 감격하게 되는 것이다.

너도 아마 그런 기억이 있을 것이다. 아주 조그마한 배려에도 얼마나 기뻤는지, 인간이면 누구나 지니고 있는 허영심이 이런 것으로 얼마만큼 만족을 느끼게 되었는지. 그뿐이 아니란다. 생각하면 아주 하찮은 것이었는데 어떤 일이 있은 후엔 그 사람에게 마음이 기울어지고, 그 사람이 하는 일 모두가 호의적으로 보이지 않았니? 사람이란 대개 그런 것이란다.

특정한 사람의 마음에 들고 싶다거나 특정한 사람과 친구가 되고 싶다면, 그 사람의 장점을 찾아내서 칭찬해라.

사람에게는 실제로 훌륭한 부분과 훌륭하다고 인정받고 싶어 하는 부분이 있다. 훌륭한 부분을 칭찬받는 것도 기쁘지만, 그 이상으로 기쁜 일은 훌륭하다고 생각해 주었으면 하는 부분을 칭찬받는 일이다. 이보다 상대방을 만족시켜 주는 방법은 없다.

추기경 리슐리외는 당대의 정치가로서는 뛰어난 재능을 가지고 있었다. 그는 정치가로서의 명성만으로는 만족하지 못하고 시인으로서도 누구보다 뛰어나다고 인정받고 싶어 했지만 정치 수완에는 자신이 있었어도 시인으로서는 자신이 없었다. 그래서 더욱 당대의 위대한 극작가 코르네유 Corneille(프랑스의 극작가)의 명성을 시샘했고, 결국 다른 사람을 시켜서 일부러 코르네유의 작품 〈르 시드Le Cid〉에 대한 비평을 쓰게 했다. 이후 아첨하기 좋아하는 패거리들은 리슐리외의 정치 수완에 대해서는 거의 언급하지 않고, 시인으로서의 재능을 거짓으로 열렬히 찬양했다. 그들은 그렇게 하는 것이 자신들에게 호의를 품게 하는 최고의 약이라는 사실을 잘 알고 있었다.

어떤 사람이나 칭찬받고 싶어 하는 마음이 있다. 그것을 발견하려면 세심한 관찰이 필요하다. 그 사람이 즐겨 화제로 삼는 것이 무엇인지 주의해서 관찰하는 것이다. 대개는

자기가 칭찬받고 싶은 일, 우수하다고 인정받고 싶은 일을 가장 많이 화제로 삼는 법이다. 그것이 바로 급소란다. 그것을 찌르면 상대는 너의 편이 될 것이다.

　내가 말하는 것은 비열한 아첨을 해서 사람을 조종하라는 의미가 아니다. 남의 결점이나 좋지 못한 행동까지 칭찬할 필요는 없으며 칭찬해서도 안 된다. 오히려 그런 것은 미워해야 하고 좋지 않다고 조언할 수 있어야 한다.

　그러나 인간의 결점이나 허영심에 대해서 비판만 한다면 이 세상을 살아갈 수 없다. 누군가가 실제보다도 현명하다고 인정받고 싶거나 아름답게 보이고 싶다고 해서 사람들에게 해를 끼치는 것은 아니다. 그야말로 순진한 생각일 뿐이다. 지나치지 않은 허영심이나 결점은 그냥 넘어가는 것이 좋다. 비판적인 말을 해서 불쾌한 생각을 갖게 하느니, 그 사람의 긍정적인 측면을 살려 친구가 되는 편이 낫기 때문이다.

상대방에게 장점이 있으면 너 역시 기분 좋게 찬사를 던질 수 있을 것이다. 그러나 자기로서는 그다지 인정할 수 없는 일이지만 그 사회에서 인정받고 있는 것이라면 눈을 감고 찬성해 주는 편이 좋은 경우도 때때로 생긴다.

너는 남을 칭찬하는 데 익숙하지 못한 것 같은데, 그것은 인간이 얼마나 자기의 생각이나 취향을 지지받고 싶어 하는지 잘 모르기 때문이다. 사람들은 사소한 결점까지도 관대하게 봐주고 묵인해 주기를 바란다.

누구나 생각뿐만 아니라 습관이나 복장같이 시시한 것까지도 흉을 보면 기분이 상하고, 인정을 받으면 크게 기뻐하게 마련이다.

악명 높은 찰스 2세의 통치 시대에 있었던 재미있는 이야기가 있다. 당시에 대법관이었던 섀프츠베리Shaftesbury(영국의 정치가) 백작은 신하라는 직책으로뿐만 아니라, 왕의 마음에 들고 개인적인 교분을 맺고 싶었다.

216

새프츠베리는 왕이 여자를 좋아한다는 것을 알고 한 가지 계략을 생각해 내었다. 첩을 두었던 것이다(그러나 실제로 그 여자를 가까이한 일은 없었다고 한다). 그 소문을 듣게 된 왕은 사실 여부를 직접 물었고 이에 새프츠베리는, "그렇습니다. 아내 말고 첩을 여러 명 두고 있습니다. 변화가 있는 편이 즐거우니까요"라고 대답했다.

얼마 지나서 알현식이 있는 날, 왕은 멀리에 있는 새프츠베리를 발견하자 주위 사람들에게 이렇게 말했다.

"모두들 믿을 수 없겠지만 저기에 있는 마음 약한 작은 사나이가 이 나라에서 제일가는 난봉꾼이라는구나."

새프츠베리가 가까이 다가가자 왕은 웃음을 터뜨렸다.

"지금 그대 이야기를 하고 있었네"라고 왕은 말했다.

"예? 저에 대해서 말입니까?"

"그렇다네. 나는 그대가 이 나라에서 제일가는 난봉꾼이라고 이야기했는데, 어떤가? 맞는가, 틀리는가?"

새프츠베리는 말했다.

"아, 그 이야기 말입니까? 그 이야기라면 아마 제가 제일이라고도 할 수 있을 것입니다."

왕이 얼마나 기뻐했는지는 굳이 말로 설명할 필요가 없겠다. 이후에 그는 그가 원했던 대로 아주 긴밀한 왕의 측근

이 되었다.

사람에게는 각기 특유의 사고방식, 행동 양식, 성격과 외관이 있다. 그것들을 입 밖에 내어 이러쿵저러쿵 말하는 것은 금기시되어 있단다. 그러므로 비록 자신의 생각과 다르더라도 그것이 각별히 나쁘다거나 위신이 손상되지 않는 한, 스스로 순응하는 것이 중요하다고 생각한다.

상대방을 가장 기쁘게 하는 칭찬은 뒤에서 해 주는 칭찬이다. 그렇다고 하더라도 그 사람이 없는 곳에서 칭찬하는 것이어서는 의미가 없다. 그 사실이 칭찬의 대상인 상대방에게 확실히 전달되어야 하는 것이다.

중요한 것은 칭찬한 것을 칭찬 대상에게 전해 줄 만한 사람을 고르는 일이다. 전해 줌으로써 그 사람도 득이 될 수 있는 사람을 찾는다면 더욱 좋을 것이다. 그렇게 되면 확실하게 전해 줄 뿐만 아니라 어쩌면 과장해서 전할지도 모른다. 남에 대한 찬사 가운데 이보다 더 기쁘거나 효과적인 것은 없다고 말해도 좋을 것이다.

지금까지 말한 내용들은 앞으로 사회생활에 첫
발을 내딛게 되는 네가 타인과의 건전한 교제를 하
는 데 필요한 것들이다.

나도 네 나이 때 이런 것을 알고 있었다면 얼마나 좋았을
까 하고 생각한다. 내 경우에 이런 것들을 체득하는 데 자
그마치 35년이라는 시간이 필요했다. 그러나 지금 그 열매
를 네 것으로 만들어 거둬 준다면 후회는 없다.

호감 가는 사람의
첫째 조건은 어진 성품이다

이 세상에 적이 없는 인간은 존재하지 않는다. 또 모든 인간으로부터 사랑받는 사람도 없다. 그렇다고 해서 사랑받으려는 노력을 하지 않아도 좋다는 것은 아니다.

나의 오랜 경험에 의하면, 친구가 많고 적이 적은 사람이 이 세상에서 가장 강하더구나. 그런 사람은 원한을 사거나 시기를 받는 일이 좀처럼 없기 때문에 누구보다도 빨리 출세하게 되고, 만일 몰락한다 해도 동정을 받지 못할 만큼 비참한 몰락을 당하는 일도 없다.

그렇다면 친구가 많고 적이 적다는 것은 언제나 마음속에 새겨 두고 노력해 볼 만한 목표가 아닐까?

네가 알고 있을지 모르지만 고(故) 오몬드Ormonde(아일랜드의 정치가) 공작에 대한 이야기를 해 보려고 한다. 그는 이 나라에서 제일가는 인품을 자랑했던 분으로 머리는 뛰어나지 않았지만 예의범절에 관해서는 타의 추종을 불허할 정도였다. 본래부터 눈치가 빠르고 상냥한 데다 궁정 생활과 군대 생활에서 몸에 익힌 부드럽고 절제된 언행으로 타의 귀감이 되었고, 자상한 배려심의 매력은 거의 모든 분야에 걸쳐서 무능했음에도 다른 사람들의 마음을 사로잡았다. 그는 능력에 있어서는 높이 평가받지 못했으나 누구에게나 사랑을 받았다.

그 인품이 어느 정도였는지는 앤 여왕의 사후에 뚜렷이 나타난다. 국내에 불온한 움직임을 도모한 사람들이 탄핵 재판을 받게 되는데, 오몬드 공작 역시 그들의 행위에 동조했다는 혐의로 형식상 동일한 처벌을 받게 될 위기에 처했다. 그는 탄핵을 받았지만, 당시 정당 간에 치열한 다툼이 있었는데도 그에 대한 탄핵은 다른 사람들을 철저하게 몰락시켰던 신랄한 탄핵과는 거리가 멀었다. 결국 오몬드 공작에 대한 탄핵 결의안은 다른 사람에 대한 탄핵안보다도 훨씬 적은 찬성표로 상원을 통과했다. 그리고 탄핵의 주동자이기도 했던 당시의 국무대신 스탠호프Stanhope(영국의 군인, 정치가, 후에 백작이 됨)가 앤 여왕의 뒤를 이은 조지 1세와 재빨리 조정에 나서, 다음 날 공작이 왕을 접견할 수 있도록 준비했다.

한편 반대파인 스튜어트 왕조 부활파와 로체스터 주교는 오몬드 공작을 빼앗겨서는 이 소송에 이길 수 없다고 판단했다. 그들은 공작에게 달려가 "왕(조지 1세)과 접견한다고 해도 불명예스러운 복종을 강요당할 뿐 용서받을 수 없다"고 속여 이 어리석고 가엾은 오몬드 공작을 도망치게 만들었다.

그 후 오몬드 공작의 사유 재산에 대한 박탈이 가결되었을 때도 그에 항의하는 대중이 치안을 소란케 하는 소동이 있었다. 공작에게는 절대적인 적도 없었고 호감을 가지고 있는 사람이 몇 천 명이나 있었던 것이다.

이런 일이 가능했던 것은 공작이 남을 기쁘게 해 주고자 하는 상냥한 마음씨를 소유하고 있었고, 그것을 항시 실천하고 있었기 때문이었다.

진정한 성공은 다른 사람들의 호의와 애정, 선의에 의해 이루어지는 것이다. 이런 것을 손에 넣으려면 많은 노력이 필요하다. 아무런 노력 없이 성공을 얻은 사람은 없으니까 말이다.

내가 사람들의 호의나 애정이라고 말하는 것은, 연인들 사이의 감상적인 감정이나 친구 간의 우애처럼 가까운 사이에 한정되는 것과는 다른 것이다. 우리가 여러 부류의 사람들과 관계를 맺을 때, 그 사람에게 적합한 기쁨을 느끼게 해 준다기보다는 광범위한 호의와 애정과 선의를 말한다.

이러한 호의적인 감정은 그 사람의 이해와 대립되지 않는 한 언제까지나 계속되는 것이다. 내가 지금까지 살아온 40년 이상의 경험을 바탕으로 20세부터 인생을 다시 시작해 보라고 한다면, 나는 인생의 대부분을 가능한 한 많은 사람들로부터 사랑받을 수 있도록 노력하고 싶구나. 옛날처럼 다른 사람의 마음을 사로잡는 일에만 전념한 나머지 다른 사람은 어떻게 되든 상관없다는 태도는 다시 되풀이하고 싶지 않다.

만일 내가 원하는 인물의 평가가 잘못되어 있었다면 그 밖의 다른 사람은 화가 나 있을 것이고, 나는 어느 쪽을 향해야 좋을지 난처해져 갈팡질팡하게 될 것이다.

그보다는 많은 사람들로부터 호감을 받으며 그 속에서 편안하게 안주하는 편이 좋겠지. 그것이 가장 큰 방패다. 남성이든 여성이든 인간은 인덕에 약한 법이다. 인덕을 방패로 삼고 있는 사람은 성공의 가능성도 높고 그 정도도 크다. 여성도 인덕이 있는 남성에게는 이상하게 마음이 이끌리는 법이다.

인덕을 얻는 일은 그리 어려운 것이 아니다. 우아한 몸가짐, 진지한 눈초리, 세심한 배려, 상대가 기뻐할 언사, 분위기, 복장 등 실로 아주 조그마한 행위 몇 가지가 모이면 상대방의 마음을 사로잡을 수 있다.

내가 지금까지 만났던 사람들 중에는 보기에는 아름다우나 조금도 내 마음을 사로잡지 못하는 여성, 그리고 사리분별은 있으나 호의를 느낄 수 없었던 인물이 많았다. 왜 그런

지 이미 너는 이해했을 것이다. 그렇다. 그 사람
들은 자기의 아름다움이나 능력을 믿고, 사람의
마음을 사로잡는 방법을 터득하는 일에는 게을
렀기 때문이란다.

　예전에 나는 그다지 아름답다고 할 수 없는 여성과 연애
를 한 적이 있다. 그러나 그 여성은 기품이 넘쳐흘렀고, 사
람을 기쁘게 하는 방법과 마음을 사로잡는 방법을 잘 알고
있었다. 내 생애에서 이 여성과 연애를 했을 때만큼 열중했
던 일이 없었던 것 같다.

8

지혜로운
삶을 위한
마음가짐

호감을 갖게 하는 사람과
그렇지 않은 사람의 차이는 무엇일까?
그것은 말과 행동의 내용은 같아도
태도나 방법이 전혀 다른 데 있다.

우아한 태도로
주목받는 사람이 되어라

너를 조그만 건축물에 비유하자면, 이제 골조가 거의 완성되어 가고 있는 상태이다. 그러나 아무리 견고한 골격이라도 장식이 없으면 매력이 반감되는 법이다. 이제 마무리로서 건축물을 아름답게 장식하는 일이 너의 임무이고 나의 관심사이다.

그러기 위해서 너는 우아함과 교양을 몸에 익혀야만 한다. 그것들은 골격이 단단하게 되어 있으면 멋진 장식이 되어 건축물을 돋보이게 할 것이다.

너도 토스카나식 건축에 대해 잘 알 것이다. 모든 건축 양식 가운데서 가장 견고한 양식이지. 그러나 동시에 이것은 가장 세련되지 못한 촌스러운 양식이기도 하단다.

견고하다는 점에서 본다면 대형 건축물의 기초나 토대로
서는 안성맞춤이라고 할 수 있겠으나, 만일 건물 전체를 이
런 식으로 짓는다면 어떻게 되겠니? 아무도 그 건물에 관심
을 보이지 않을 것이며, 안에 들어가 보려는 사람은 더더욱
없을 것이다. 촌스럽고 초라한 정면을 보면서 보나마나 뻔

하다고 생각할 것이고, 굳이 안에 들어가 장식 따위를 볼 필요성을 느끼지 않는 것이다.

그러나 토스카나식의 토대 위에 도리아식, 이오니아식, 코린트식에서의 기둥이 늘어서서 그 아름다움을 자랑하고 있다면 어떻게 될까? 건축물 같은 것에 전혀 관심이 없는 사람일지라도 자신도 모르게 눈을 빼앗기게 될 것이고, 아무리 바쁘게 지나치던 사람일지라도 자신도 모르게 발을 멈추게 될 것이다. 그리고 호기심이 생겨 안으로 들어가 볼 것이다.

여기에 A라는 남자가 있다고 가정하자. 지식과 교양은 그저 평범하지만 태도와 언행은 품위가 있고 정중하며 친근감을 줌으로써 자신을 돋보이게 하는 재능이 뛰어난 사람이다. 여기에 또 다른 남자 B가 있다. 그는 지식이 풍부하고 판단력도 예리하다. 그러나 A처럼 자신을 돋보이게 하는 재능은 부족하다.

그렇다면 어느 쪽 남자가 이 세상의 험한 풍파를 잘 헤쳐 나갈 수 있다고 생각하니? 그렇단다. 분명히 A 남자일 것이다. 장식품을 많이 붙인 사람은 자기를 장식하려고 하지 않는 사람을 마음대로 농락할 것이다.

그다지 현명하다고는 볼 수 없는 사람들의 마음을 사로잡는 것은 언제나 외형이다. 그들에게 있어서는 예의범절이나 사람을 대하는 태도, 교제 방법 등이 전부인 것이다. 그 이상 깊은 곳은 보려고 하지 않는다. 그런데 이것은 현인도 마찬가지다. 현인이라고 해도 보아서 아름답지 않거나 감동을 주지 않는 자에 대해서는 일차적으로 관심을 두지 않는 법이다.

사람의 마음을 사로잡고 싶으면 우선 오감에 의지하는 것이 가장 중요하다. 눈을 즐겁게 해 주고 귀를 즐겁게 해 주어라. 그렇게 해서 이성을 묶어 두고 마음을 빼앗는 것이다. 그런 의미에서는 철두철미하게 품위를 지키라고 권하고 싶다. 같은 것이라 해도 품위를 느끼게 하는 것과 그렇지 않은 것과는 받아들이는 쪽에서 하늘과 땅만큼의 차이가 있기 때문이다.

생각해 보자. 처음 만난 사람의 차림이 단정치 못하고, 말을 더듬거리거나 조그만 목소리로 우물우물하며, 행동에도 조심성이 없다면 어떤 인상을 갖게 될까? 그 사람에 대해서는 아무것도 없음에도, 아니 어쩌면 훌륭한 면을 더 많이 가지고 있을지도 모르는데도 그 사람의 내면은 고사하고 사람 자체를 거부해 버리지는 않을까?

그와 반대로 품위가 느껴질 정도로 언행 전반에 걸쳐 세심하게 신경을 쓰고 있다면 어떨까? 내면 같은 것은 몰라도 보는 순간 마음을 빼앗기고 그 사람에게 호의를 갖게 될 것이다.

무엇이 그토록 사람의 마음을 끄는지를 설명하기란 참으로 어려운 일이다. 하지만 한 가지 분명하게 말할 수 있는 것은 말로는 설명할 수 없는 작은 동작이나 대수롭지 않은 말씨가, 그것 하나만으로는 별로 빛이 나지 않지만 많이 모이면 사람의 마음을 사로잡는다는 사실이다. 마치 모자이크의 한 조각을 보면 아름답지도 않고 아무런 의미도 없지만, 그것들이 모이면 하나의 완성된 무늬를 만들어서 아름다워지는 것과 비슷하다.

산뜻한 옷차림, 상냥한 태도, 기분 좋게 울리는 목소리, 편안하고 구김살 없는 표정, 상대방의 기분에 맞추면서도 맺고 끊음이 정확하고 또렷한 말씨 등등, 이런 것들 하나하나가 사람의 마음을 사로잡는 요소인 것이다.

훌륭한 사람의 태도를
모방해서 네 것으로 만들어라

누구나 언행만으로도
남의 마음을 사로잡을 수 있을까?

훌륭한 사람들과 빈번하게 교유할 수 있는 기회가 있고, 자기에게 그럴 마음만 있다면 사람의 마음을 휘어잡을 수 있는 언행은 누구나 몸에 익힐 수 있다. 훌륭한 사람들을 주의 깊게 관찰하고 그가 하는 대로 따라 하는 것이다.

우선 처음 보는 사람인데도 마음이 끌리고 호감이 가는 사람이 있으면, 그 사람의 언행을 잘 관찰해 무엇이 자신의 마음을 사로잡고 있는가를 파악해야 할 것이다.

대개는 겸허하면서도 당당한 태도, 비굴하지 않은 경의의 표현, 우아하고 꾸밈이 없는 손발의 움직임, 깔끔한 의상 등 많은 장점이 한데 어우러져 있다.

아무튼 그것을 알게 되었다면 그대로 흉내를 내 보는 것이다. 그렇다고 자기를 버리고 맹목적으로 흉내만 내어서는 안 된다. 위대한 화가가 다른 화가의 작품을 모사하듯이, 아름다움이라는 관점이나 자유라는 관점에서도 결코 원작에 뒤떨어지지 않도록 정성껏 흉내를 내야 할 것이다.

만인으로부터 예의범절도 훌륭하고 호감이 가는 인물이라고 인정받는 사람을 만나면, 주의 깊게 관찰해라. 손윗사람에게는 어떤 태도와 어떤 말씨로 대하는가? 자기와 지위가 같은 위치의 사람과는 어떤 교제 방식을 취하고 있는가? 또한 자기보다 지위가 낮은 사람에게는 어떤 대우를 하고 있는가? 오전 중에 사람을 방문했을 때는 어떤 내용의 이야기를 하고 있는가? 식탁에서의 태도는 격식에 맞는가? 그리고 저녁 모임에 나가서는 어떤가 등, 이런 것들을 철저하게 관찰해서 그대로 시행해 보도록 해라.

다만 원숭이 흉내가 되어서는 안 된다는 점을 명심해라. 왜냐하면 그것은 그 사람을 그저 따라 하는 것밖에 안 되기 때문이다. 단순히 따라 하기보다는 느껴야 한다. 노력해 보면 알겠지만 그 사람은 남을 함부로 대한다거나, 무시한다거나, 자존심이나 허영심을 손상시키는 등의 행위는 절대로 하지 않는다는 것을 알게 될 것이다. 그와 동시에 각기 상대하는 사람에 맞추어서 경의를 표하거나, 좋은 평가를 하거나, 항상 마음을 쓰거나 하는 다양한 방법으로 상대방을 기쁘게 해서 마음을 사로잡고 있다는 것도 알게 될 것이다.

결국 뿌리지 않은 씨앗은 싹이 나지 않는 법이다. 호감을 얻을 수 있는 인물도 결국은 스스로 정성 들여 씨를 뿌리고 맺은 열매를 거두어들이고 있는 것에 불과하다. 호감을 얻을 수 있는 태도는 실제로 흉내를 내는 동안에 몸에 익혀지기 마련이다. 그것은 현재의 너 자신을 뒤돌아본다면 금방

알 수 있을 것이다. 현재의 자신은 절반 이상이 모방에 의해 이루어져 있는 것은 아닐까? 중요한 것은 좋은 본보기를 선택한다는 것, 그리고 무엇이 좋은가를 구분하는 일이다.

인간은 평소 자주 이야기를 나누는 상대방의 분위기와 태도, 장점과 단점뿐만 아니라 그 사람의 사고방식까지도 무의식중에 받아들이게 된다. 나와 친분을 맺고 있는 몇몇 사람들도 그다지 총명한 두뇌를 갖고 있는 것이 아닌데도 평소 현명한 사람들과 많은 접촉을 하고 있는 덕분에 생각지도 못한 굉장한 기지를 발휘할 때가 있다.

내가 항상 말하고 있는 것처럼 너도 훌륭한 사람들과 사귀게 되면 특별나게 어떤 일을 하지 않더라도 자신도 모르는 사이에 그들처럼 될 수 있다. 거기에 집중력과 관찰력이 더해진다면 날개를 단 것처럼 더 빨리 그들과 대등하게 될 수 있을 것이다.

애석하게도 주변에 호감 가는 사람이 없다면 어떻게 해야 좋을까? 그렇다면 누구라도 좋으니까 그곳에 있는 사람을 차분하게 관찰해라. 아무리 훌륭한 사람이라도 모든 장점을 가질 수는 없다. 마찬가지로 아무리 쓸모없어 보이는 사람이라도 반드시 한 가지 정도는 좋은 점을 갖고 있기 마련이란다. 넌 그것을 모방하면 된다. 그리고 마음에 들지 않는 부분은 역으로 생각해 참고하면 될 것이다.

호감을 갖게 하는 사람과 그렇지 않은 사람의 차이는 무엇일까? 그것은 말과 행동의 내용은 같아도 태도나 방법이 전혀 다른 데 있다. 세상에서 환영받고 있는 인물이나 품위를 전혀 느낄 수 없는 인물도 말을 하고, 움직이고, 옷을 입고, 먹고 마시는 일에는 다를 바가 없다. 그 표현하는 방법과 태도가 다를 뿐이다. 그것이 바로 호감을 사는 이유인 것이다. 그러므로 어떤 말씨, 걸음걸이, 식사 태도 등이 좋지 않은 인상을 주는지 잘 관찰해 본다면, 자신이 어떻게 해야 좋은지를 저절로 알게 될 것이다.

옷차림과 표정은
말 없이 표현되는 인격이다

실제로 사람의 마음에 호소하려면 어떻게 해야 좋을까? 다음의 몇 가지 항목으로 정리해 보려고 한다. 너에게 도움이 되었으면 좋겠다.

얼마 전 하비 부인으로부터 온 편지를 받았다. 그분은 항상 너를 칭찬해 주시는 분이란다. 부인은 한 모임에서 춤을 추고 있는 너를 보았다면서 아주 우아하고 아름다웠다고 하시더구나. 편지를 다 읽고 나는 기뻤는데 그 이유는 우아하게 춤을 추는 사람은 일어서거나 앉거나, 심지어 걷는 것도 우아하게 할 수 있다고 생각하기 때문이다.

서고, 걷고, 앉는 것은 단순한 동작이지만 춤을 잘 추는

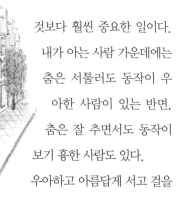

것보다 훨씬 중요한 일이다. 내가 아는 사람 가운데에는 춤은 서툴러도 동작이 우아한 사람이 있는 반면, 춤은 잘 추면서도 동작이 보기 흉한 사람도 있다.

우아하고 아름답게 서고 걸을 수 있는 사람은 많은데, 우아하고 아름답게 앉는 사람은 여간해서 없더구나. 남 앞에 나서면 위축되는 사람은 부자연스럽게 등을 세우고 딱딱한 자세로 앉는다. 그러나 싹싹하고 구김살이 없는 사람은 의자에 온 체중을 맡기고 기대앉는다. 이런 자세는 여간 친근한 사이가 아니면 그렇게 좋은 인상을 주지 않는다.

모범적으로 앉으려면, 우선 마음을 편안하게 가지고 또한 겉으로도 그렇게 보이도록 온 체중을 싣지 말고 여유 있게 걸터앉으며, 몸을 딱딱하게 하고 부동자세를 취하는 것이 아니라 힘을 빼고 자연스럽게 앉아야 할 것이다. 아마 너는 잘할 수 있으리라 믿지만, 혹시 그렇지 못하다면 될 수 있는 대로 이에 가깝도록 연습하는 것이 좋다.

아주 사소한 동작이라도 아름다우면 여성뿐만 아니라 남성의 마음까지도 사로잡는 법이다. 그것은 직장에서도 마찬가지다. 우아한 행동거지가 얼마만큼 사람의 마음을 끌어당기는지 깊이 인식해야 한다.

예를 들어 한 여성이 부채를 떨어뜨렸다고 가정하자. 세계에서 가장 우아한 남자나 가장 우아하지 못한 남자나 그것을 주워 건네주는 방법은 근본적으로 다르지 않다. 그러나 결과에는 큰 차이가 있다. 우아한 남자는 감사의 인사를 받을 테지만, 덤벙거리는 남자는 그 어색한 동작 때문에 오히려 웃음거리가 될 것이다.

우아한 행동거지를 취하는 것은 공공장소에만 한정되는 예의가 아니다. 일상의 장소에서도 마찬가지란다. 사소한 일이라고 해서 소홀히 하면 꼭 필요한 때에 어려움을 겪게 된다. 커피 한 잔을 마시더라도 평소에 조심스럽게 행동한다면 찻잔을 잘못 잡는 등의 실수로 커피가 잔 밖으로 흘러넘치는 따위의 일은 없을 것이다.

이제는 너도 자신의 복장에 대해서 확실한 주관을 가져도 좋을 나이가 되었다. 나는 사람의 복장을 보면 아무래도 그 사람의 됨됨이를 생각하게 되더구나. 다른 사람들도 대개는 그렇지 않을까 싶다.

나의 경우, 복장에서 조금이라도 허세를 부리는 느낌이 들면 그 사람의 사고방식도 조금 비뚤어져 있는 게 아닌가 하고 생각한다. 예를 들면 물론 다소간의 차이는 있겠지만 현대의 영국 젊은이들은 복장으로 자기 나름대로의 주장을 하고 있는 것 같다. 야단스럽고 화려한 복장을 하고 있는 사람을 보면, 속이 텅 빈 것을 감추기 위해 일부러 위압적인 차림을 하고 있는 것 같아서 기분이 나빠진다.

한편, 입는 것에 전혀 신경을 쓰지 않아서 궁정 안의 사람인지 마차를 부리는 마부인지 구별할 수 없는 옷차림을 하고 있는 사람을 보면 또한 그 알맹이까지 의심하지 않을 수가 없다.

분별 있는 사람은 복장에 지나치게 개성이 나타나지 않도록 마음을 쓰며, 자기만의 특출한 옷차림은 하지 않는다. 그 지역의 지식인, 그 사회의 사람들과 비슷한 정도의 모양, 비슷한 복장을 한다. 옷차림이 지나치게 화려하면 들떠 보이고, 지나치게 초라하면 복장에 마음을 쓰지 않았다는 의미에서 실례가 되기 때문이다.

그렇긴 하지만 내 개인적인 생각으론, 젊은이는 초라한 것보다는 다소 화려한 것이 나을 것 같다. 사람이 대체로 나이가 들면서 점차 수수해지지만 젊어서부터 옷차림에 지나치게 무관심하다 보면 40세가 되면 밀려나는 신세가 되고, 50세에는 따돌림을 받는 신세가 되고 만다.

그러므로 주위 사람들이 화려한 옷차림을 했을 때는 너도 화려하게, 간소하게 입었을 때는 너도 간소하게 입어야 한다. 또 항상 마름질이 잘된 것, 몸에 잘 맞는 옷을 입어야 한다. 그렇지 않으면 어색한 느낌을 주게 된다.

그리고 일단 그날의 복장을 결정하고 그 옷을 입었으면, 두 번 다시 복장에 대해서는 생각지 말아야 한다. 아래위가 조화가 안 된 것은 아닐까, 색깔이 촌스러운 것은 아닐까라고 생각하고 있으면 동작이 부자연스러워진다. 일단 몸에 걸치고 나면 두 번 다시 그 일은 생각지 말고 아무것도 몸에 걸치지 않은 것처럼 자연스럽고 기분 좋게 행동해야 한다.

머리 모양에도 신경을 써야 한다. 머리는 복장의 일부이기 때문이다. 양말을 흘러내리게 신고 있거나 구두끈을 푼 채로 신거나 하지는 않겠지? 단정치 못한 발의 모습만큼 조잡한 인상을 주는 것도 없다.

남에게 좋은 인상을 주는 데 있어 청결함은 특히 중요하다. 손이나 손톱은 항상 깨끗한지, 식사 후 반드시 치아를 닦는지 등등 말이다. 특히 치아는 매우 중요하다. 나이가 들어서도 자신의 치아로 음식을 씹을 수 있게 하기 위해서나 고약한 치통으로부터 자유롭기 위해서라도 주의를 기울여야 한다. 치아가 나빠지면 구취가 나는데 이는 남에게 실례되는 일이기도 하다.

너는 아주 좋은 치아를 가졌더구나. 그러나 지금의 나는 젊었을 때 치아 관리에 대한 주의를 게을리한 탓에 엉망이다. 나처럼 되지 않기 위해서라도 매일 5~6회, 특히 식사 후에는 따뜻한 물과 부드러운 칫솔로 4분에서 5분간 양치하는 것이 좋다. 치열에 문제가 있을 시에는 그곳의 유명한 전문가를 찾아가 교정하도록 해라.

사람의 마음을 사로잡는 요인은 많겠지만, 그중에서도 효과가 크고 사람의 눈을 붙잡는 것이 표정이란다. 그런데 너는 이 사실을 전혀 모르는 것 같더구나.

보통 사람은 조금이라도 자신의 용모나 자태에 미비한 점이 있으면, 그것을 숨기고 보충하려고 필사적인 노력을 하는 법이란다. 그다지 잘생겼다고 할 수 없는 용모를 타고난 사람은 말할 것도 없고 많은 사람들이 조금이라도 잘 보이려고, 고상하고 기품 있게 보이려고 상냥하게 미소 짓는 등 눈물겨울 정도로 노력을 하고 있단다.

신께서 애써 내려 주신 용모를 고맙게 받아들이지 않고 그것을 모독하고 있는 것은 너뿐일 것이다. 네 얼굴 모습과 그 표정은 대체 어떻게 된 것이니? 너 자신은 남자답고, 사려 깊고, 결단력이 풍부한 표정을 짓고 있다고 생각할지 모르지만 그건 어림없는 착각이다. 기껏 칭찬해 봐야 매일 구령만 불러 대고 위엄 있게 보이려고 애쓰는 하사관과 같은 얼굴일 정도로 네 얼굴은 경직되어 있다.

내가 아는 어느 젊은이는 의회의 의원으로 처음 선출되었을 때, 자기 사무실에서 거울을 앞에 놓고 표정과 동작 연습을 하다가 누구에게 들켜 세상 사람들의 웃음거리가 된 적이 있다. 그러나 나는 웃을 수가 없었다. 아니, 오히려 그 젊은이가 웃고 있는 사람들보다 현명하다고 생각했다. 그는 알고 있었던 것이다. 공공장소에 나섰을 때, 대중 앞에 섰을 때 표정과 동작이 얼마나 중요한가를 말이다.

이런 이야기를 하면 너는 분명히 이렇게 생각할 것이다. 그렇다면 온화한 표정을 짓기 위해 하루 종일 연구하고, 신경을 곤두세우고, 조심하라는 말이냐고. 내 대답은 하루 종일이 아니다. 2주일 동안이라도 좋으니 매일 잠깐씩이라도 온화한 표정을 가질 수 있도록 노력해 주기 바란다. 그렇게 하면 그다음에는 일절 얼굴 표정에 대해서는 신경 쓰지 않아도 된다. 하늘로부터 받은 얼굴이다. 지금까지 모독해 온 것의 절반이라도 좋으니 노력해 주기 바란다.

우선 눈가에는 항상 부드러운 표정이 떠오르도록 해야 한다. 그리고 전체적으로는 미소를 짓고 있는 듯한 표정이 좋겠다. 그런 의미에서 성직자의 표정을 보고 배우는 것은 어떻겠니? 선의가 흘러넘치고, 자애로 충만하고, 엄숙한 가운데서도 열기가 담긴 표정 말이다. 이런 표정은 사람의 마음을 꽤나 끌어당기는 힘을 가지고 있다고 생각하는데, 너는 어떻게 생각하니?

표정만으로는 부족하다. 대개의 사람은 마음이 항상 함께하고 있다. 그야말로 마음이 함께한다고 믿기 때문에 그들의 표정이 사람들의 마음을 사로잡아 호감 있게 받아들이게 하는 것이다.

그래도 아직 표정을 꾸미는 것을 귀찮은 일이라고 생각한다면 질문이 있다. 너는 왜 그처럼 능숙해질 정도로 춤을 배웠니? 의무는 아니었을지라도 그것도 역시 귀찮은 일이었을 텐데. 너는 아마도 이렇게 대답할 것이다.

"사람들의 마음을 사로잡기 위해서입니다."

그래, 맞는 말이다. 옳은 대답이다.

그러면 너는 왜 좋은 옷을 입고, 파마를 했지? 그것도 역시 귀찮은 일이 아니더냐? 머리는 생긴 대로 놔두는 것이 편하고, 옷도 얇은 누더기 같은 것을 걸치고 있는 것이 편할 것이다. 그런데도 왜 그런 것에 신경을 쓰고 있니?

너는 이렇게 대답할 테지.

"남에게 불쾌한 인상을 주지 않기 위해서입니다."

그것도 옳은 말이다. 그런데 그 같은 목적들을 실현시키는 방법에서 춤이나 복장이나 머리보다 더 근본적인 것이 '표정'이다.

표정이 나쁘면 춤이나 복장이나 헤어스타일 모두가 엉망이 된다. 게다가 네가 춤을 추는 것은 기껏해야 1년에 7~8회 정도에 불과하지만, 너의 표정은 1년 365일 내내 네 얼굴 위에서 사람들의 눈에 드러나 있는 것이다.

고쳐야 할 습관이 있다면
지금부터 바로잡아야 한다

여기에 열거한 것들을 습관처럼 네 몸에 익히지 못한다면, 아무리 풍부한 지식을 가지고 있고 아무리 교묘하게 처신해도 자신의 의도대로 일이 진행되지 않을 것이다.

지금 그것을 하지 못한다면 평생 할 수 없게 된다. 그러니 다른 일은 모두 뒤로 제쳐 두고서라도 지금은 이 일에만 집중해야 할 것이다. 이것은 견고한 뼈대에 매력적인 장식을 더하는 일로서 잘 결합된다면 그것을 능가하는 것은 없을 것이다.

내가 이렇듯 너에게 외면을 장식하라고 계속 타이르는 것을 융통성 없는 획일적인 사고방식을 가진 사람이나 현실을 이탈한 현학적인 사람들이 안다면 그들은 도대체 어떻게 생각할까? 아마도 경멸하는 표정을 짓고, 아버지가 자식에게 주는 교훈이라면 이 밖에도 더 나은 것들이 얼마든지 있다고 말할 것이다.

아마도 그들의 사전에는 '호감을 산다'라든가 '남에게 호감을 준다'는 등의 말은 존재하지 않을 것이기 때문이다. 그런데도 이 말이 현실적으로 존재하는 것은 그만큼 사람들에게는 '호감'을 사는 것이 중요하고, 어떻게 하면 '호감을 살 수 있는가'가 관심의 대상이며, 남에게 '호감을 주기'를 바라고 있기 때문이란다. 결코 소홀히 여겨 웃어넘길 일은 아니다.

젊은이들 중에 버릇없고 보기에 흉한 사람이 많은 것은 그 부모들이 예의 범절을 소홀히 여기고 있기 때문이라고 생각한다.

그들은 기초 교육, 대학, 유학 등의 교육 과정을 밟도록 베풀어 주기는 한다. 그러나 자녀에 대해서 무관심하거나 주변 사정에 어둡기 때문에 교육 과정에서 자기 자식이 어떻게 성장하고 있는가를 관찰하지 않는 것이다. 그러고는 자신을 안심시키기 위해 '문제없어. 틀림없이 다른 집 아이들과 마찬가지로 잘해 나가고 있으니까' 라고 중얼거리고 있다.

그러나 그들이 남들과 마찬가지로 교육을 받고 있는 것은 확실하지만, 잘해 나가고 있는 것은 아니다. 젊은이들이 하기 쉬운 잘못들은 부모가 아니면 달리 지적해 줄 사람이 없다.

젊은이들은 학창 시절에 몸에 익힌 어린애 같은 저속한 장난을 그치지 않는다. 대학에서 익힌 편협한 태도도 버리지 못한다. 유학 중에 몸에 익힌 뻔뻔스러움은 고치려고도 하지 않는다.

그런데도 부모들은 자식에게 나쁜 태도가 몸에 붙어 있으리라고는 꿈에도 생각지 못하고, 젊은이들은 자신의 행동이 나쁜 것이라고 생각지 못한다. 이런 이유로 잘못을 잘못으로 지적받아 보지 못한 젊은이들이 지나치리만큼 무례한 행동을 계속하는 것은 어쩌면 당연한 일인지도 모른다.

전에도 여러 차례 얘기했지만, 자식의 예의범절이나 사람을 대하는 태도를 이러쿵저러쿵할 수 있는 사람은 아버지뿐이다. 그것은 자식이 어른이 되더라도 마찬가지다. 아무리 친한 친구라도 아버지가 겪은 것과 같은 경험이 없으며, 더구나 주의 같은 건 줄 수가 없다.

너는, 나와 같은 충실하고 우호적인 감시 장치를 갖고 있어서 정말 다행이다. 내 눈에서 도망칠 수 있는 것은 거의 없다고 해도 좋다. 나는 너에게 결점이 있으면 그것을 재빨리 발견해서 고치도록 지시한다. 장점이 있으면 재빠르게 발견해서 박수를 보낸다. 그것이 부모로서 나의 의무라고 믿기 때문이다.

예절은 언제 어디서든
통용되는 불문율이다

인간이란 본래 완벽한 존재가 아니다. 가능한 한 완벽한 모습에 가깝도록 만들어 가려는 것이 네가 태어난 이래 내가 품어 온 소망이며 그것을 실현하기 위해 열심히 노력하고 있다.

교육은 인간이 갖고 태어난 자질 이상으로 인간을 변화시킬 수 있다고 믿기 때문에 많은 수고와 비용도 아까워하지 않는 것이다. 그것은 너도 경험으로 알게 되었을 것이다.

아직 판단력이 붙기 전인 어린아이일 적의 너에게 내가 한 일은, 선을 사랑하는 마음과 존경심을 심어 주는 일이었다. 너는 그것을 마치 문법을 외우듯이 기계적으로 몸에 익혔다. 그리고 지금은 네 자신의 판단으로 그것을 하고 있다.

물론 선을 행하는 일이나 존경심을 갖는 것은 당연한 일이고, 보통 사람이 굳이 배우지 않더라도 시행하고 있는 것이기는 하다.

섀프츠버리 경은 매우 적절한 표현으로 이렇게 말한 적이 있다. "나는 남의 눈이 있어서 선을 행하는 것이 아니라, 나 자신을 위해 선을 행한다. 그것은 남이 보니까 청결하게 하는 것이 아니고 나를 위해 청결하게 하는 것과 마찬가지다"라고.

그렇기 때문에 너에게 판단력이 생기고 나서는 선을 사랑하라는 말은 한마디도 하지 않았다. 그건 당연한 일이기 때문이다.

내가 다음으로 뜻을 둔 것은 너에게 실질적이며 편견이 없는 교육을 베푸는 일이었다. 이것도 역시 처음에는 나, 다음에는 하트 씨, 그리고 최근에는 네 자신의 힘에 의해서 예상 이상의 성과를 올렸다. 너는 나의 기대에 충분히 부응해 주었다.

그리고 이제 마지막으로 남아 있는 것이 사람 사귀는 법, 즉 예의범절을 가르치는 일이다. 이것을 알지 못하면 애써 몸에 익힌 것들이 불완전하게 되어 빛을 잃고, 어떤 의미에서는 무용지물이 되어 버릴 것이다. 그런데 유감스럽게도 너는 이 점에서 부족함이 있는 것 같아 이번 편지는 그 한 가지에 주력해서 쓰기로 했다.

내 친구 중 하나는 "예의란 서로 자신을 조금씩 억제하고 상대방에게 맞추려고 하는 분별과 양식 있는 행위를 말한다"고 멋진 설명을 한 적이 있다. 이 말에 이의를 제기하는 사람은 없을 것이다. 다만 분별과 양식 있는 인간 모두가 예의 바른 인간이 될 수 있는 것은 아니다. 너도 마찬가지다.

예의를 어떻게 나타내는가는 사람, 지역, 환경 등에 따라 분명히 큰 차이가 있으며, 그것은 실제로 자신의 눈으로 보고 귀로 듣지 않으면 알 수 없는 것이기도 하다. 하지만 예의를 중히 여기는 마음 그 자체는 어느 시대, 어디를 가더라도 변하지 않을 것이다.

예의가 특정 사회에 미치는 영향은 도덕이 사회 전반에 미치는 영향과 비슷하다. 그것은 사회를 하나로 통합해 안전성을 높이는 것이다. 비슷한 것은 그것뿐이 아니다. 일반 사회에는 도덕적 행위를 장려하기 위해서 법률이라는 것이 제정되어 있다. 그와 마찬가지로 특정 사회에서도 예의 바른 행위를 권장하고 무례를 경고하는 암묵적인 불문율 같은 것이 존재한다.

내가 이렇게 말하면 법률과 불문율을 동일시한다고 놀랄지도 모르지만, 내 생각엔 공통된 점이 있는 것 같다. 남의 소유지에 침입한 부도덕한 인간은 법에 의해 처벌을 받을 것이다. 그것과 마찬가지로 남의 평화로운 사생활에 마구 침입한 무례한 인간 역시 사회 전체의 암묵적인 합의에 의해서 추방될 것이다.

문명사회를 살아가는 인간에게 있어 상냥하게 행동하고, 상대방에게 마음을 쓰고, 다소의 희생을 감수한다는 것은 누구로부터의 강요도 아니고 자연스럽게 몸에 익힌 일종의 암묵적인 협정과도 같은 것이다. 이것은 왕과 신하가 비호와 복종이라는 암묵적인 협정으로 묶여 있는 것과 다를 바 없다. 어느 쪽이든 그 협정을 어긴 자가 협정의 이익을 박탈 당하는 것은 당연한 결과라고 할 수 있다.

내 개인적인 생각을 얘기한다면, 예의를 다하는 것은 선행 다음으로 사람의 마음을 사로잡는다는 것이다. 나 자신도 '예의가 바른 사람이다'라는 말을 듣는 것이 가장 기쁘다. 그만큼 예의를 지키는 것은 중요한 일이다.

때와 장소를 가려
예의범절을 갖추어야 한다

예의범절에 대한 원론적인 이야기는 이쯤해서 정리하기로 하고 다음은 상황에 맞는 예의에 대해 이야기해 보자.

분명히 손위라는 것을 알 수 있는 사람, 공적인 지위가 높은 사람에 대해 예의를 차리지 않는 사람은 없다. 요는 그것을 어떻게 표현하느냐이다. 분별 있고 인생 경험이 풍부한 사람은 어깨에 힘을 주지 않고 자연스럽게 최대한의 예의를 다할 수 있다.

그러나 훌륭한 사람들과 그다지 접촉한 일이 없는 사람들은 실로 어색하고 애처로울 정도로 용기를 내야만 그것을 표현할 수 있다.

그렇다고 해서 존경하는 사람을 눈앞에 두고 단정치 못하게 의자에 걸터앉는다거나 휘파람을 분다거나 머리를 마구 긁어 댄다거나 하는 무례한 행동을 하는 사람은 아직 한 번도 본 일이 없다. 윗사람 앞에서 주의해야 할 일은 단 한 가지, 긴장하지 말고 힘을 뺀 다음 자연스럽고 우아하게 예의를 차리는 것이다. 이것은 좋은 본보기를 관찰하고 실제로 흉내 내서 몸에 익혀 가는 수밖에 없다.

특별한 윗사람이 없는 잡다한 모임에서는 적어도 잠시 동안은 초대받은 사람 모두가 같은 입장이라고 해도 좋다. 이런 경우 공경심이나 경의를 표하지 않으면 안 될 인물은 원칙적으로 없는 셈이어서 행동도 자유스러워지고 자연히 긴장감도 적어진다. 어떤 교제도 반드시 지켜야 할 일정한 선이 있는데, 이 경우에도 그것만 지킨다면 일단은 무엇을 하든 크게 어긋나지는 않을 것이다.

그러나 잊어서는 안 될 것이 있다. 특별히 주의를 기울이지 않으면 안 될 인물이 없는 대신, 누구나가 보편적인 예의나 배려는 기대하고 있다는 사실이다. 그러므로 주위가 산만하거나 무관심한 것은 허용될 수 없다.

예를 들면 누군가가 다가와서 따분한 이야기를 꺼냈다고

하더라도 너는 일단은 정중하게 대답을 해 주지 않으면 안된다. 무심코 내용을 건성으로 들어 상대방이 무시당하고 있다는 것을 눈치 채면, 아무리 대등하다 해도 이미 실례의 정도를 넘어서 엄청난 무례가 된다.

이것은 상대방이 여성일 경우에는 특히 더 그렇다. 지위에 상관없이 모든 여성에게는 주목하는 정도가 아니라 아첨에 가까울 정도의 배려가 필요하다. 그녀들의 조그마한 소망, 좋아하는 것과 싫어하는 것, 취미, 변덕뿐만 아니라 건방진 태도에 이르기까지 배려를 아끼지 말고 듣기 좋게 추어올려 주어야 한다. 가능하다면 그런 것들을 미리 헤아려 말을 걸거나 질문을 해야 된다.

잡다한 인간의 모임에서 예의를 다하려면 어떻게 하면 좋은지 일일이 열거하는 것은 한이 없을 뿐만 아니라 너에게도 실례라고 생각하기 때문에 이 정도만 하겠다. 나머지는 너의 양식으로 이해관계를 생각하면서 그때그때의 사정에 따라 실천해 주기 바란다.

설마 너는 네 방을 청소하는 사보이 사람이나 구두를 닦아 주는 고용인보다 네 자신이 태어나면서부터 우수하다는 생각을 품고 있는 것은 아니겠지? 하늘이 너에게 주신 행운은 감사해야 할 것이다. 그렇다고 불운한 운명 아래서 태어난 사람들을 업신여기거나 불필요한 말을 해서 그들의 아픔을 상기시키는 따위의 행동을 해서는 절대로 안 된다.

나의 경우, 나와 대등한 사람을 대할 때 이상으로 신분이나 지위가 낮은 사람을 대할 때도 많은 신경을 쓰고 있단다. 그것은 그 사람의 노력이나 실력과는 관계없이 단순히 타고난 운명으로 인해 신분이나 지위의 차이를 의식하게 해 쓸데없는 자존심을 만족시키고 있는 것처럼 보이고 싶지 않기 때문이다.

그런데 젊은 사람들은 거기까지는 주의가 미치지 않는 모양이다. 명령하는 듯한 태도나 권위를 앞세운 단정적인 말투가 용기 있는 사람, 기개 있는 사람의 증거라고 오해하는 것 같다.

일반적으로 자기보다 수준이 낮다고 생각되면 머리를 쓰려 하지 않거나 교만해지기 때문에 상대방으로 하여금 적의를 품게 한다. 물론 이 문제에 있어서도 잘못된 쪽은 젊은 사람이다. 상대방이 화를 내는 것도 무리는 아니라고 생각한다.

신분이나 지위가 낮은 사람에게 마음을 쓰지 않는 사람들은 한층 돋보이는 사람들, 즉 지위가 높은 사람, 특별히 아름다운 사람, 인격자 등에게만 신경을 쓴다. 그리고 그 밖의 사람들에게는 주목할 가치조차 없다는 듯이 보통의 예의조차 갖추려 하지 않는다.

솔직히 말하면, 나도 네 나이 때는 그랬다. 매력적인 몇몇 사람들의 마음을 사로잡는 데만 정신이 팔려서 그 나머지 사람은 피라미 떼로 매도하고 기본적인 예의조차도 필요

없다고 생각했다. 그래서 각료나 지식인 또는 빼어난 미인 등 화려하고 돋보이는 인물에게만 오로지 예의를 차리고, 어리석게도 그 밖의 사람들에게는 전혀 예의를 차리지 않아 그 사람들을 모두 화나게 만들고 말았다.

이 어리석은 행위로 나는 남성에게나 여성에게나 많은 적을 만들고 말았다. 하찮은 피라미 떼라고 생각했던 그들이 내 평판을 깎아내렸던 것이다. 그들은 나를 교만하다고 생각했다. 하지만 사실은 내게 분별력이 부족했을 뿐이다.

아주 적절한 격언이 있단다.

"민심을 모으는 왕이야말로 가장 평안하고 무사하게 권력을 유지시킬 수 있는 왕이다."

이 말은 신하로부터 충성을 받는 것이 어떤 무기보다 강하므로 신하의 충성을 원한다면 두려움의 대상이 되기보다는 호감을 품게 하라는 뜻이다. 이 말은 평범한 사람인 우리들에게도 똑같이 적용된다. 사람의 마음을 사로잡는 기술을 터득하고 있다는 것은 무엇에도 비길 수 없는 강한 힘을 지니고 있다는 것이다.

이제부터 내가 이야기하고 싶은 말은, 그런 일로 실패할 리 없다는 그릇된 믿음에서 엉뚱한 실패를 하게 되는 예란다. 아주 친한 친구나 지인에 대한 행동에 대해서란다.

친한 사이에서는 편안한 기분이 되어도 좋다. 또 그렇게 되는 것이 당연한 것이기도 하다. 그런 관계가 사생활에 평안을 주는 것도 사실이다.

그렇다고 해서 보통 때 같으면 절대로 발을 들여놓아서는 안 될 영역까지 침입해도 좋다는 말은 아니다. 네가 말하고 싶은 대로 자기 기분에 도취되어 수다를 떨고 있으면, 친한 친구와의 즐거워야 할 대화도 곧 끊어져 버린다.

막연한 얘기로는 이해가 되지 않을 것 같아서 피부로 느낄 만한 확실한 예를 들어 보겠다. 너와 내가 한 방 안에 있다고 하자. 나는 내가 무엇을 해도 상관없다고 생각하고 있고, 너 또한 네가 하고 싶은 대로 하리라고 생각하고 있다. 그렇다고 내가 우리 두 사람 사이에는 아무것도 조심할 것이 없다고 생각하고 있을 것 같니? 그건 크게 잘못된 생각이다.

아무리 친한 상대라도 어느 정도의 예의는 지켜야 한다. 정도의 차이는 있겠지만, 그것은 다른 사람에 대해서도 마찬가지다. 만일 네가 무슨 이야기를 하고 있는 동안 내가 줄곧 다른 일을 생각하고 있다거나 네 눈앞에서 크게 하품을 한다거나 코를 곤다거나 하는 엉뚱한 실수를 하는 일이 있다면, 나는 나 자신의 야만적인 행동에 대해서 크게 부끄러워할 것이다. 그리고 너와 나 사이가 멀어지는 것을 각오해야 할 것이다.

아무리 친한 사이라도 그 유대를 깨뜨리고 싶지 않다면, 그리고 오래 지속시키고 싶다면 어느 정도의 예의는 필요하단다. 남편과 아내가 낮 시간과 마찬가지로 밤을 함께 지낸다고 했을 때, 조심성도 예절도 모두 팽개쳐 버린다면 과연 어떻게 되겠니? 화목하던 사이도 얼마 안 가 식어 버리고 서로 싫증을 느끼게 되고, 급기야는 서로 경멸하는 사이로 전락할 것이다.

사람은 누구나 나쁜 면을 가지고 있다. 그것을 속속들이 드러내는 것은 단순히 무례한 행동일 뿐 아니라 무분별한 행위이다. 그렇다고 해서 친한 사이에 공손하게 예의범절을 행해 보일 수는 없는 일이다. 그것은 더 우스운 일이다. 친한 사이에는 거기에 알맞은 정도의 예의를 갖추면 된다. 그렇게 하는 것이 예의에 맞는 일이라고 생각하며, 또 서로가 언제까지나 사이좋게 지낼 수 있는 방법이다.

다이아몬드도 원석 상태일 때는 아무런 쓸모가 없다. 갈고닦아야 비로소 사람들이 몸에 지닐 수 있다. 물론 다이아몬드가 아름다운 것은 원석의 경도와 밀도가 견고하기 때문이다. 그러나 갈고닦는 마지막 마무리 없이는 빛이 나지 않

264

는다.

　너도 알맹이는 알차고 견고하다. 다음은 지금까지와 마찬가지로 노력해서 연마하는 일이 남았을 뿐이다. 네가 사용법만 알고 있다면, 주위의 훌륭한 사람들이 너를 아름다운 모양으로 조각해 광채가 나도록 닦아 줄 것이다.

9

성공적인
자기관리를
위해

◇◇◇◇◇◇◇◇◇◇◇◇◇◇◇◇◇◇◇◇◇◇◇◇◇◇◇◇◇◇◇◇

**언행의 부드러움과
의지의 강함을 겸비하는 것이야말로
경멸이 아닌 사랑을 받으며,
미움이 아닌 존경을 받는 유일한 방법이다.**

의지는 강인하되
언행은 부드러워야 한다

언젠가 너에게 이런 말을 소개하며 항상 염두에 두고 행동해 주었으면 좋겠다고 쓴 적이 있는데, 혹시 기억하니? 그 말이란 '언행은 부드럽게 의지는 굳건하게'라는 것이었다. 이것만큼 인생의 모든 분야에서 활용될 수 있는 말은 없다고 해도 좋을 것이다.

오늘은 이 말이 구성하는 두 가지 요소, 즉 '언행은 부드럽게'와 '의지는 굳건하게'에 대해 설명하고, 다음에 이 두 어휘가 하나로 합쳐졌을 때 어떤 효과를 나타내는지에 대해서, 그리고 마지막으로는 그 실천에 대해서 언급해 보겠다.

언행이 부드럽기만 하고 의지가 굳건하지 못하다면 어떻게 되겠니? 그런 사람은 단순히 타인에게 친근감을 줄 뿐,

비굴하고 마음이 약해서 소극적인 인간으로 전락해 버린다. 반면에 의지는 강하지만 언행이 거칠면 어떻게 될까? 그런 사람은 용맹스럽고 사나운 저돌적인 인간이 되고 말 것이다.

사실은 이 모두를 겸비하는 것이 바람직하지만, 그런 사람은 매우 드물단다. 의지가 강한 사람 중에는 혈기 왕성한 사람이 많은데, 이런 사람은 언행이 부드러운 것을 '연약함'으로 단정 짓고 무엇이나 힘으로 밀어붙이려고 한다. 이런 사람은 내성적이고 마음이 약한 사람을 상대할 때는 자기 마음대로 일을 진척시킬 수 있지만, 그렇지 않을 경우에는 상대방의 노여움이나 반감을 사서 목적을 달성시키기가 어렵게 된다.

또한 언행이 부드러운 사람들 중에는 교활한 사람이 많은데, 이런 사람들은 모든 것을 부드러운 인상만으로 손에 넣으려 한다. 말하자면 팔방미인이다. 마치 자신의 의지 같은 것은 없는 것처럼 임기응변으로 얼마든지 상대편에 자신을 맞추어 나간다. 그러나 이런 사람은 어리석은 자는 속일 수 있어도 그 밖의 사람의 눈은 속이지 못해 곧 그 가면이 벗겨지고 만다. 부드러운 언행과 굳건한 의지를 겸비할 수 있는 사람은 강인한 사람도 팔방미인도 아니다. 단지 현명한 사람일 뿐이다.

그러면 이 두 가지를 함께 겸비하고 있다면 어떤 효과가 있을까? 남에게 명령을 내리는 입장에 있을 경우, 정중한 태도로 명령을 내리면 그 명령은 기꺼이 받아들여지고 기분 좋게 실천으로 옮겨질 것이다. 그러나 처음부터 무조건 강압적인 명령이 내려진다면 명령은 적당히 수행되거나 도중에 팽개쳐지고 만다.

예를 들어 내가 부하에게 "술 한 잔 가져와!" 하고 난폭한 태도로 명령했다고 하자. 그런 식으로 명령을 내렸을 때, 나는 그 부하가 내 옷에 술을 엎지를 것이라는 각오를 해야 할 것이다. 그런 보복을 당해도 마땅한 행동을 했으니 말이다.

물론 명령을 내릴 때는 '따라야 한다'는 식의 냉정하고도 강력한 의지를 나타낼 필요도 있다. 그러나 그것을 부드러움으로 감싸서 불필요한 열등감을 갖지 않도록 기분 좋게 명령에 따르도록 배려하는 것이 필요하다.

그것은 네가 윗사람에게 무엇인가 부탁할 때나 정당한 권리를 요구할 때도 마찬가지다. 정중한 태도로 부탁하지 않으면 처음부터 네 부탁을 거절하고 싶어 하는 사람에게 좋은 구실을 제공하고 만다. 그렇다고 해서 부드러운 것만으로도 일은 성사되지 않는다. 절대로 뒤로 물러서지 않는 끈기와 품위를 잃지 않는 집요함을 가지고, 의지가 얼마나 강한지를 보여 주는 것도 중요하다.

특히 지위가 높은 사람 중에는 도리에 맞는다는 이유만으로 행동을 일으키는 일이 많지 않다. 그러나 여느 때 같으면 정의를 위해서, 국가의 이익을 위해서라는 보기 좋은 이유를 들어 거절할 일인데도, 집요함에 손을 들거나 원한을 사는 것이 두려워 승낙해 버리는 일도 흔히 있다.

부드러운 언행으로 그들의 마음을 사로잡아야 한다. 그렇게 하면 적어도 거절할 구실을 주지 않게 된다. 그러나 동시에 의지의 강인함을 표현함으로써 평소 같으면 웬만큼 사정해서는 들어주지 않을 일이라도 귀찮으니까, 원한을 사는 것이 두려워 들어주게 할 수도 있다.

신분이 높은 사람들은 부탁이나 불만에는 아주 익숙해져 있다. 외과 의사가 환자의 물리적인 통증에는 무감각에 젖어 있는 것과 마찬가지로, 거의 매일 똑같은 하소연을 들어

왔으므로 어떤 것이 진짜고 어떤 것이 가짜인지를 구별할 수 없을 정도가 된다. 그러므로 평범하게 호소하는 정도로는 여간해서 받아들이지 않는다. 그러므로 또 다른 감정에 호소할 수밖에 없는 것이다.

예를 들면 부드러운 말씨와 유연한 태도로 호감을 얻어내거나, 집요하게 호소해서 '알았다, 알았어'라고 두 손 들 정도로 만드는 것이다. 그러려면 자신의 부탁을 거절할 수 없는 그 무엇을 찾아내어 강하게 설득시켜야 한다. 진정한 의지의 강함이란 이런 것이다. 결코 우격다짐으로 밀어붙이는 것이 아니다.

언행의 부드러움과 의지의 강함을 겸비하는 것이야말로 경멸이 아닌 사랑을 받으며, 미움이 아닌 존경을 받는 유일한 방법이다. 이것이 세상의 지혜로운 사람들이 빠짐없이 몸에 익히고 싶어 하는 품위이다.

감정이 고조되어 사리분별이 결여된 무례한 말이 서슴없이 입에서 나오려고 하는 때일수록 자신을 누르고 말씨를 유연하게 해야 한다. 이것은 상대방이 윗사람이든 자기와 대등한 사

람이든 자기보다 신분이 낮은 사람이
든 모두가 다를 바 없다. 감정이 폭발하
려고 하면 마음이 가라앉을 때까지 침묵을
지키고 표정의 변화를 상대방이 읽을 수 없
도록 신경을 집중시켜야 한다.

하지만 더 이상 단 한 발자국도 양보할
수 없는 곳에서 애교 있게 대하거나 상
냥하게 대하거나 비위를 맞춰 주는 등
나약하게 상대에게 아첨하는 행동을 해서는 안 된다.

그럴 때는 공격 일변도로 집요하게 공격을 반복하는 것
이 좋다. 그렇게 하면 손에 들어올 것은 반드시 손에 들어
온다. 온유하고 내성적이며 언제나 길을 양보하는 사람은
부정한 인간, 인간의 아픔을 이해하지 못하는 사람에게 밟
히고 바보 취급을 받지만, 거기에 강한 의지가 있다면 사람
들로부터 존경을 받게 되고 대개는 일도 자기 뜻대로 된다.

친구나 친지에 대해서도 그것은 마찬가지다. 변함없는
의지력은 그들의 마음을 사로잡을 것이다. 그리고 언행의
부드러움은 그들의 적을 자신의 적으로 만드는 것을 막아
줄 것이다. 자신의 적에 대해서는 진실한 태도로 마음의 문
을 열도록 해야 한다.

동시에 상대방에게도 이쪽의 의지가 강함을 보여 주고, 자기에게 분개할 이유가 있다는 것을 알려 주는 것이 중요하다. 자기는 상대방과 달라서 악의를 품거나 하는 소견이 좁은 행동은 하지 않으며 자신이 하고 있는 것은 사리분별이 있는 정당방위라고 분명히 밝혀 두어야 한다.

일과 관계되는 교섭에 들어갔을 때도 의지의 강함을 느끼게 하는 일을 잊어서는 안 된다. 꼭 타협하지 않으면 안 될 때까지 뒤로 물러서서는 안 되며, 절충안도 받아들여서는 안 된다. 부득이하게 타협해야 할 경우라 할지라도 저항해 가면서 조금씩 물러나야 한다.

부드러운 태도로 상대방의 마음을 파악하는 것도 잊어서는 안 된다. 상대방의 마음을 파악하게 되면 이해를 얻어 마음을 움직이게 할 수 있을지도 모른다.

깨끗하고 솔직하게 이렇게 말해 보는 것도 좋다 .

"많은 문제가 있습니다만, 그렇다고 해도 귀하에 대한 저의 경의에는 변함이 없습니다. 오히려 이번 사건에서는 귀하의 노력을 보고 그 훌륭하신 능력과 열의에 감탄하고 있습니다. 이렇게 열심히 일하시는 분과 개인적으로 가깝게 지낼 수 있다면 얼마나 기쁠까 하고 생각하고 있습니다"라는 식으로.

이처럼 '말은 부드럽게, 그리고 의지는 강하게'를 관철하면 대개의 교섭은 원활하게 진척된다. 최소한 상대방의 뜻대로 끌려 다니지는 않는다.

내가 아무리 '말은 부드럽게'라고 말하더라도 그것이 단순히 유연함만의 부드러움이 아니라는 것은 이미 너도 알고 있을 것이다. 자신의 의견은 확실히 표현해야 하고, 상대방의 의견이 잘못되었다는 생각이 들면 분명히 말해야 한다.

내가 문제로 삼고 있는 것은 그 말하는 방법이다. 그것을 말할 때의 태도, 분위기, 용어 선택 방법, 목소리의 어조, 그것들 모두를 주의하라는 말이다. 거기에 강제성이 있다거나 무리가 있어서는 안 된다. 자연스러워야 한다.

남과 다른 의견을 말할 때도 상냥하고 품위 있는 표정을 유지하고, 부드러운 용어를 선택하여 말하는 것이 좋다.

'제가 어떻게 생각하고 있는지를 물으신 거라면 이렇게 대답하겠습니다. 물론 그렇게 확신을 가지고 있는 것은 아닙니다만…' 같은 표현법이다. 연약한 말투라고 해서 설득력이 부족한 것은 아니다. 오히려 상대방의 마음을 사로잡을 것임에 틀림없다.

토론은 기분 좋게 끝내야 한다. 자신도 상처를 입지 않고, 상대방의 인격도 손상시킬 마음이 없다는 것을 태도로 분명히 보여 줄 필요가 있다. 의견 대립은 일시적이긴 하지만 서로의 사이를 멀어지게 하기 때문이다.

'그까짓 태도쯤이야' 하고 말할지 모르지만, 태도 역시 중요한 것이다. 호의로 한 일이 본의 아니게 적을 만들고, 장난으로 한 것이 오히려 친구를 만들기도 하는 등, 태도 여하에 따라 정반대의 상황이 나오기도 한다.

표정, 말투, 말의 선택, 발성, 품위 이런 요소들이 부드러우면 말은 부드러워지고, 거기에 강한 의지가 더해지면 위엄도 곁들여져 사람들의 마음을 사로잡을 수 있는 것이다.

속마음을 함부로 드러내면
상대에게 휘말리게 된다

다소 전략적일지도 모르지만 이 세상에는 '살아가는 지혜'가 있고, 그것을 재빨리 실천한 자가 가장 먼저 출세한다. 젊은 사람은 이런 일을 혐오하기 쉬운데, 내가 지금부터 너에게 말하려는 것도 훗날 '알아 두었다면 좋았을 걸' 하고 후회하게 될 것들 중 하나라고 할 수 있다.

살아가는 지혜의 근본은 감정을 겉으로 나타내지 않고, 말이나 동작이나 표정에서 마음이 동요하고 있다는 것을 알아차리지 못하게 하는 것이다. 일단 상대방이 알아차리면 자기 조종이 능숙하고 냉정한 상대방의 뜻에 휘말린다. 이것은 비단 사회생활에만 한정된 것은 아니다. 일상생활에서도 자기도 모르는 상대에게 조종당할 가
능성은 얼마든지 있는 것이다.

싫은 소리를 들으면 노골적으로 화를
내거나 표정을 바꾸는 사람, 좋은 소리를
들으면 펄쩍 뛰면서 기뻐하거나 표정이
흐트러지는 사람, 이런 사람들은 교활한 인간
이나 주제넘게 나서는 건방진 사람의 먹이가 되기 쉽다.

교활한 인간은 일부러 상대방을 분노케 하는 말을 던지
거나 기뻐할 말을 건네 반응을 살펴보고, 마음이 평온할 때
는 결코 입 밖에 내지 않을 비밀을 캐내려고 한다.

주제넘게 나서며 뽐내는 사람도 마찬가지다. 다만 다른
것은 자기 자신도 모르게 교활한 인간과 같은 행동을 하고
있지만, 자기의 이익으로는 만들지도 못하고 주위 사람들
의 이익에 공헌하는 점이다.

냉정함은 타고난 성격이기 때문에 의지로는 어쩔 수 없
는 것이 아니냐고 생각할지 모르겠다. 확실히 냉정한가, 그
렇지 못한가의 여부는 성격에 의해서 좌우되는 바가 크다.
그렇기는 하지만 우리는 걸핏하면 성격 탓으로 돌리고 변
명하는 경우가 많다. 그러나 생각을 갖고 조금만 노력한다

면 개선할 수 있는 부분이 있다고 생각한다. 보통 사람은 이성보다 성격을 앞세우는 습관이 붙어 있을 뿐이라 노력만 한다면 그 반대의 일, 즉 이성으로 성격을 억제하는 습관도 익힐 수 있을 것이다.

만약 순간적으로 감정이 폭발할 지경에 이르러 억제할 수 없게 되면, 우선 감정이 진정될 때까지 입을 다물고 있는 편이 좋다. 얼굴 표정도 될 수 있으면 바꾸지 말아야 한다. 평소에 신경을 쓰면 반드시 그렇게 할 수 있을 것이다.

자못 똑똑해 보이는 말이나 재치 있는 말, 또는 농담 섞인 말은 호의적으로 받아들여질 수는 있어도 찬사를 받는 일은 드물다. 때로는 진지해질 줄도 알아야 한다.

반대로 네가 만일 비꼬는 듯한 말을 들었을 때 가장 좋은 방법은 못 들은 척하는 것이다. 너무나 직설적이어서 그렇게 할 수도 없을 때는 주위 사람들의 웃음에 합세해서 비꼰 내용을 인정하고, 그럴듯한 비방이라고 추어올려 줌으로써 은근하게 그 자리를 넘겨 버려야 한다. 절대로 같은 어조로 되받아치는 듯한 응수를 해서는 안 된다. 그런 짓을 했다가는 자기가 상처를 받았다고 공표하는 것과 같은 결과여서 모처럼의 노력도 수포로 돌아가 버린다.

무슨 일을 교섭하는 데 있어서 다혈질의 인물을 대할 때는 좋은 결과가 얻어진다. 만약 상대방이 흥분을 잘해 사소한 문제에도 마음에 혼란을 일으켜 터무니없는 말을 지껄인다면 이것저것 넘겨짚어서 표정을 관찰하는 것이 좋다. 그렇게 하면 반드시 진의를 포착할 수 있다. 비즈니스에서는 상대방의 속마음을 읽을 수 있느냐 없느냐가 성공의 열쇠가 된다.

자기의 감정이나 표정을 숨기지 못하는 사람은 그렇게 할 수 있는 사람의 손바닥에서 놀아난다. 다른 모든 조건이 대등할 때조차 그러하므로 상대가 능수능란한 솜씨의 소유자일 경우에는 더욱 승산이 없다.

"시치미를 뚝 떼라는 말인가요?" 하고 너는 물을 것이다. 하지만 그렇게 하는 것은 잘못이 아니다. 옛말에 '마음을 읽혀서는 사람을 거느릴 수가 없다'는 말이 있다. 나는 좀 더 극단적으로 이렇게 말하고 싶다. '타인에게 속마음을 읽혀서는 아무 일도 성취시킬 수가 없다'고 말이다.

똑같이 시치미를 뗀다 하더라도 자기 속마음을 읽을 수 없도록 시치미를 떼는 것과 상대를 기만하기 위해 시치미를 떼는 것은 큰 차이가 있다. 그리고 잘못된 것은 후자의 경우다. 상대방을 기만하기 위해 감정을 숨기는 것은 도덕에 어긋날 뿐만 아니라 비겁한 행위라고 하지 않을 수 없다.

유명한 철학자 베이컨Bacon 경도 다음과 같이 쓰고 있다.

"상대를 기만하는 것은 지적인 인간이 할 짓이 아니다. 자기 속마음을 보이지 않도록 하는 것은 카드를 보이지 않게 하는 것일 뿐이지만, 상대를 기만하는 것은 상대방의 카드를 훔쳐보는 것이나 다름없다."

정치가 볼링브로크Bolingbroke(영국의 정치가, 문필가) 경도 그의 저서에서 다음과 같이 쓰고 있다.

"사람을 속이기 위해서 속마음을 숨기는 것은 단검을 휘두르는 것과 같아서 바람직한 행위가 못 될뿐더러 불법 행위이기도 하다. 일단 단검을 사용하면 어떤 변명도 통하지 않는다."

남에게 속마음을 읽히지 않기 위해 감정을 숨기는 것은 방패를 갖는 것과 같으며, 기밀을 보호하는 것은 갑옷을 착용하는 것과 같다.

사업에서는 어느 정도 감정을 숨기지 않으면 기밀은 유지될 수가 없고, 기밀 유지가 안 되면 일이 순조롭게 진전되지도 않는다. 그런 의미에서 주화를 주조하는 기술과 흡사하다. 합금을 하는 것은 주화 주조에 필요한 사항이지만 지나치게 많이 섞으면 주조자의 신용이 떨어지는 것은 물론이고 주화 본래의 의미인 통화로서의 가치도 잃게 되기 때문이다.

마음속에서 아무리 감정의 폭풍이 휘몰아치더라도 그것을 얼굴 표정이나 자신의 말에 나타내지 않도록 자기감정을 완전히 숨길 수 있도록 노력해야 한다. 매우 힘든 일이기는 하지만 불가능한 일은 아니다. 지성이 있는 사람은 불가능한 일에는 도전하지 않지만, 아무리 곤란한 일이라도 추구할 가치가 있다고 판단되면 두 배의 노력을 기울여서라도 반드시 해내는 법이다. 너도 노력해 주기를 부탁한다.

때로는 알아도
모르는 척할 필요가 있다

모르는 척하는 것은 때론 크게 쓸모가 있는 지혜다. 가령 누군가가 무엇인가를 말하려 할 때 모르는 척하면 그 사람은 이렇게 묻는다.

"이런 이야기를 알고 계십니까?"

그러면 너는 대답한다.

"아니오."

설령 알고 있었다 하더라도 그대로 이야기하도록 내버려 둬라.

이야기를 하는 데서 기쁨을 느끼는 사람도 있다. 지적인 발견을 이야기함으로써 자존심을 만족시키고 싶어 하는 사람도 있는 것이다. 이런 중요한 이야기를 해 줄 정도로 자기는 신뢰받고 있다는 것을 내세우고 싶어서 지껄이는 사람도 있다.

그런 사람에게 "예" 하고 대답해 버리면 상대방은 실망하게 될 것이다. 그리고 결국은 '눈치 없는 사람'이라며 상대하기를 꺼리게 될 것이다.

개인적인 중상이나 험담은 귀에 못이 박히도록 들었다 하더라도 마음을 터놓을 수 있는 친구 이외에는 들은 일이 없는 척하는 편이 좋다. 이러한 경우, 대개는 듣는 쪽도 말하는 쪽도 마찬가지로 나쁘게 인식되어 버린다. 그러므로 이런 화제가 나오면 실제로는 거의 확실하게 믿고 있다 하더라도 언제나 회의적인 척 가장하면서 정상참작의 의견 쪽에 동조하는 것이 좋다.

이와 같이 늘 아무것도 모르는 것으로 해 두면, 뜻밖에 정말로 모르고 있던 유익한 정보가 완벽한 형태로 들어오는 경우도 있다. 실은 이것이 정보를 수집하는 최고의 방법이기도 하다.

대다수의 인간은 보잘것없는 일에 관해서도 우위에 서서 허영심을 만족시키기를 바란다. 그래서 말해서는 안 될 것이라도 상대가 모르는 일을 자기가 가르쳐 줄 수 있다는 점을 과시하고 싶은 마음에, 그만 엉겁결에 얘기해 버리는 것이다.

그럴 때 모르는 척하고 있으면 정보를 얻는 것 외에 득이 되는 것도 있다. 정보를 입수하는 데 관심이 없는 것으로 보여 결과적으로는 음모나 나쁜 계략과는 아무 상관이 없는 인물로 여겨진다는 점이다.

그렇다고 해도 정보는 수집해야 한다. 우연히 전해 들은 정보는 상세하게 조사하지 않으면 안 된다. 정보를 수집할 때는 현명한 방법을 취해야 한다. 항상 귀 기울여 듣거나 직접 질문을 하거나 하는 것은 현명한 방법이 아니다. 그렇게 하면 상대는 방어 태세를 취하고, 같은 얘기를 몇 번이고 반복하는 등 쓸모없는 정보밖에 얻을 수 없게 된다.

모르는 척하는 것과는 반대로 당연히 모든 일을 알고 있는 척하는 것도 때로는 효과가 있다. 그렇게 하면 친절하게 더 자세한 이야기를 해 주는 사람도 있는가 하면, '혹시 아는지 모르지만…' 하면서 말해 주는 사람도 있다. 그런가 하면 모르는 것이 또 없느냐고 이것저것 물으면서 정보를 전해 주는 사람도 있다.

이런 지혜를 능숙하게 사용하려면 항상 자기 주변 사람들에 대해서도 주의를 기울이는 냉철한 태도를 가지고 있어야 한다.

무적을 자랑하던 아킬레우스도 싸움터에 나갈 때만은 완전 무장을 했다. 사회는 싸움터와 조금도 다를 바 없다. 언제나 완전 무장으로 대비해야 하고, 그래도 약한 부분에는 또 다른 여분의 방패를 준비해야 한다. 사소한 부주의와 순간의 방심이 목숨을 앗아 갈 수도 있다.

다양한 부류의
사람들과 가깝게 지내라

이 편지가 도착할 무렵이면 너는 몽펠리에 있겠구나. 하트 씨의 병이 빨리 완쾌되어 크리스마스 전에는 파리에 도착할 수 있기를 기도하고 있다. 파리에 너에게 소개해 주고 싶은 사람이 두 사람 있다. 두 사람 모두 영국 사람인데 굉장한 사람들이란다. 그분들과 좀 더 가깝고 친숙하게 지내기를 권하고 싶구나.

한 사람은 여성이란다. 그렇다고 해서 이성으로서 친근한 관계를 맺으라는 말은 아니다. 그러나 그것은 내가 직접 관여할 바는 아니겠지. 하지만 그녀는 유감스럽게도 50세가 넘었단다. 언젠가 너에게 디종까지 가서 만나 보고 오라고 했던 하비 부인인데, 다행스럽게도 올 겨울은 파리에서 보낸다고 하더구나.

이 부인은 궁전에서 출생해 궁전 안에서 성장했고, 궁전의 시시한 부분을 제외한 좋은 부분, 즉 예의범절, 품위, 친절성을 겸비하고 있단다. 사회에 대한 안목도 높고, 여성으로서 읽어야 할 책은 모두 읽었단다. 아니, 오히려 필요 이상으로 읽었다. 라틴어도 능숙하게 구사한다. 물론 남들이 눈치 채지 못하도록 슬기롭게 감추고 있지만 말이다.

그녀는 너를 자기 자식처럼 대해 주실 것이다. 너도 그 부인을 대리인으로 생각하고 무엇이든 믿고 상의하면 될 게다. 그녀만큼 모든 것을 갖추고 있는 여성은 없다고 나는 확신하고 있다.

너의 회화법이나 태도, 예절 등에서 부족한 부분, 부적당한 점이 있으면 언제라도 지적해 주시도록 부탁해라. 전 유럽 구석구석을 다 찾아봐도 그녀만큼 이 역할을 충분하게 감당할 수 있는 인물은 없다고 생각되는구나.

너에게 소개해 주고 싶은 또 한 사람은, 너도 조금은 알고 있을 헌팅턴 백작이다. 내가 너 다음으로 애정을 쏟고 높이 평가하는 사람으로 그는 나를 양아버지처럼 따르고 있고, 또 그렇게 부르고 있단다. 그는 우수한 자질, 광범위한 지식을 갖추고 있는데, 만약 거기에 성격까지 보태어 종합

평가를 내리라고 하다면, 이 나라 제일의 훌륭한 청년이 되지 않을까 생각되는구나.

이러한 사람들과 친교를 맺어 두면 반드시 좋은 일이 생긴다. 그리고 그 사람도 내 심정을 헤아리고 너와 친하게 지내고자 할 것이다. 너를 위해서도 두 사람의 관계를 돈독히 해 그 효용 가치를 높여 줄 것을 바라고, 또한 그렇게 되리라고 믿고 있다.

우리가 사는 이 사회는 친분 관계가 필요하다. 신중하게 친분 관계를 구축하고 그것을 잘 유지하는 자는 틀림없이 성공한다.

친분 관계에는 두 가지가 있다. 그 차이를 항상 생각하면서 행동해 주기 바란다.

우선은 대등한 인간관계다. 이것은 소질이나 능력이 거의 비슷한 두 사람이 구축하는 호혜적인 관계로, 비교적 자유로운 교류와 정보 교환이 이루어진다. 이것은 상호 간에 능력을 인정하고, 상대방이 자기를 위해서 자진해서 힘써 준다는 확신이 없으면 성립되지 않는다. 그 밑바닥에 흐르고 있는 것은 상대방에 대한 경의다.

거기에는 이따금 서로의 이해가 대립하는 일이 있더라도 결코 무너지지 않는 상호 의존 관계가 있으며, 이해가 대립된다 하더라도 조금씩 양보하는 미덕으로 결국은 합의를 낳는다.

내가 헌팅턴 백작과 너에게 바라는 것이 바로 이런 관계란다. 두 사람 모두 거의 비슷한 시기에 사회로 진출할 것이다. 그때 너에게 백작과 거의 대등한 능력, 집중력이 있다면, 너희들은 다른 젊은이와도 손을 잡고 모든 행정기관으로부터 실력을 인정받는 집단을 결성할 수 있을 것이고, 또한 그렇게 됨으로써 함께 뻗어 올라갈 수도 있을 것이다.

또 하나는 대등하지 않은 인간관계다. 한쪽에는 지위나 재산이 있고, 다른 한쪽에는 소질이나 능력이 있는 경우가 그것이다. 이 관계에서 도움을 받게 되는 것은 어느 한쪽뿐이며, 그 도움도 표면에 나타나지 않도록 교묘하게 위장되어 있는 경우가 많다.

도움을 받는 측은 상대방에게 문안도 드리고 마음에 들도록 행동하며, 상대방의 우월의식을 느끼고도 묵묵히 참아내고 있다. 도움을 주는 측은 핵심을 조종당하고 머리가 잘 돌아가지 않는 상태로, 자기 스스로는 상대방을 잘 조종하고 있다는 생각이 들겠지만 사실은 자기 혼자 그렇게 생각하고 있는 데 불과하며 상대방이 하라는 대로 움직이고 있다. 이런 사람을 교묘하게 이용만 잘하면 이용하는 측에 큰 이익을 가져다주는 일이 많다.

이러한 예에 대해서는 언젠가 너에게 말한 적이 있다고 생각되는데 그 밖에도 비슷한 예는 얼마든지 있다. 그만큼 한쪽에만 이익을 가져다주는 이런 관계는 일반화되어 있다고 할 수 있다.

멋진 라이벌과의
경쟁은 실력이 된다

자기가 싫어하는 사람에게 사려 깊은 태도로 대하려면 어찌해야 좋은가를 알아 두는 것도 중요한 일이다. 오늘날의 젊은이들은 이것을 잘 알고 있으면서도 막상 실천에 옮기기는 어렵다. 그들은 조그만 일에도 금방 흥분해서 앞뒤 분간을 못하게 되는 경우가 많기 때문이다.

사랑하는 남녀 관계에 있어서도 마찬가지다. 상대방으로부터 조금이라도 자기 생각을 비판하는 말을 듣게 되면 금방 애정이 식는다.

젊은이들에게 있어서는 라이벌도 일종의 적이다. 눈앞에 상대가 나타나면 딱딱하고 냉담한 태도나 무례한 태도를 취

하면서 어떻게든 상대를 이길 방법만 궁리한다.

　이것은 도리에 맞지 않는다. 상대방에게도 좋아하는 일
이나 여성을 선택할 권리는 얼마든지 있다. 게다가 그런 짓
을 하는 것은 이해심이 부족하다는 증거다. 라이벌에게 차
갑게 대한다고 해서 바라는 바가 이루어지는 것은 아니다.
어디 그뿐인가. 라이벌끼리 맞붙어 있는 동안에 엉뚱한 제
삼자가 끼어들어 이익을 독차지하는 일이 종종 일어나기도
한다.

물론 이런 사태는 그렇게 단순하지만은 않다. 그리고 어느 쪽이나 그리 간단하게 방향 전환을 할 수 있는 것도 아니고, 일이건 연애건 별로 간섭받기를 원치 않는 미묘한 문제인 것만은 틀림없다. 그러나 경쟁하게 되는 원인은 제거할 수 없다 하더라도 결과가 어떻게 될 것인가에 관해서는 어느 정도는 알 수 있을 것이다.

가령 A와 B라는 남자 둘이 한 여성을 두고 경쟁하고 있다고 하자. A와 B 두 라이벌은 서로 노려보고 있다. 두 사람은 불쾌한 얼굴을 하고 있거나 서로 욕설을 퍼부을 것이고, 그곳에 함께 있는 사람들 모두가 혐오스러운 마음을 갖게 될 것이다. 그리고 그들의 목표가 되었던 당사자인 여성 역시 불쾌한 마음을 품게 될 것이다.

이때 A가 마음속으로야 어떻든 표면적으로는 상냥하고, 자연스럽고, 친절하게 대응한다면 어떨까? 여성은 상냥한 A에게 호의를 갖게 될 것이고 이에 반해 B는 경솔한 사람으로 생각할 것이다. B 역시 상대방의 상냥한 태도를 그 여성에 대한 자신감의 표출로 해석하게 되면서 여성에게 불만을 토로하게 될 것이 틀림없다. 이로 인해 B와 여성과의 관계는 더욱 벌어지고 결국에는 상냥하게 대했던 A가 사랑을 쟁취하게 될 것이다.

업무상의 라이벌도 마찬가지다. 자기감정을 자제하고 표정을 냉정하게 표현할 수 있는 사람은 라이벌에게 이길 수 있다.

프랑스 사람은 '부드러운 태도'라는 말을 자주 쓰는데, 이것은 라이벌에게 혐오감을 노골적으로 나타내는 사람에게는 특별히 온화한 태도로 대하라는 의미다. 좀 더 알기 쉽게 설명하기 위해서 내 경험담을 얘기해 보겠다. 네가 비슷한 상황에 놓였을 때 유용하게 활용하기 바란다.

내가 네덜란드의 헤이그에 가서 오스트리아 계승 전쟁에 대한 전면 참전을 요청하고, 구체적으로 병력을 결정하는 등의 교섭을 매듭짓고 왔을 때의 이야기이다.

헤이그에는 너도 잘 알고 있는 대수도원장이 있었는데, 이분은 프랑스 편에 서서 어떻게든 네덜란드의 참전을 저지하려 하고 있었다. 이 대수도원장이 머리가 명석하고 마음도 온화하며 근면한 인물이라는 말을 들은 나는 두 나라가 오랜 숙적의 관계에 있기 때문에 친교를 맺을 수 없는 것을 몹시 안타깝게 생각했다. 그러나 제삼자가 마련한 어떤 좌석에서 처음으로 그를 만나게 되었을 때, 나는 이와 같이 말했다.

"나라끼리는 적대 관계에 있지만, 우리는 그것을 뛰어넘어 가깝게 지낼 수 있으리라고 생각하고 있습니다."

그러자 대수도원장도 자기도 그렇게 생각한다면서 정중한 태도로 답변해 주었단다.

이틀 뒤, 아침 일찍 암스테르담의 의회에 가 보니 거기에는 이미 대수도원장이 나와 있었다. 나는 대수도원장과 면식이 있다는 사실을 대의원들에게 말하고서 얼굴에 부드러운 미소를 띠고 이렇게 말했다.

"나의 숙적이 여기에 있는 것을 보고 대단히 유감스럽게 생각하고 있습니다. 이렇게 말씀드리는 것은, 이분의 능력은 이미 나에게 공포심을 느끼게 하고 있기 때문입니다. 이래서는 공평한 싸움이 되지 않습니다. 아무쪼록 이분의 힘에 굴복하시지 말고 자기 나라의 이익만을 생각하시도록 부탁드립니다."

이날 마지막 한마디만은 분명히 했었다고 생각한다.

나의 말에 그 자리에 있던 사람들 모두가 미소를 지었다. 대수도원장도 나에게서 정중한 찬사를 듣게 된 것에 그다지 싫지 않은 표정이었고, 15분쯤 지나자 그는 그곳을 떠났다.

나는 설득을 계속했다. 전과 다름없는 어조로, 그렇지만 전보다 훨씬 진지하게 설득했다.

"내가 여기에 온 것은 네덜란드의 국익을 생각해서, 오직 그 한 가지를 위해서입니다. 내 친구는 여러분의 눈을 현혹시키기 위해서 가식이 필요했습니다. 하지만 나는 그런 모든 것을 벗어던지고 말씀드리고 싶습니다."

나는 결국 목적을 달성했단다. 그리고 그 후 대수도원장과도 같은 태도로 계속 사귀고 있다. 제삼자가 베푼 장소에서 만났던 때도 그랬지만 지금도 변함없이 전혀 고집부리지 않는 정중한 태도로 대하고 있다.

홀륭한 사람이 라이벌에 대해서 취할 태도에는 두 가지가 있다. 최대한 상냥하게 대하거나 아니면 굴복시키는 것이다. 만약 상대가 모든 수법을 동원해 고의로 너를 모욕하거나 경멸하면 주저할 필요도 없이 때려 눕혀도 좋다. 하지만 마음의 상처를 입은 정도라면 겉으로는 아주 예의 바르게 행동하도록 해라. 그러는 편이 상대에 대한 하나의 보복도 되고, 자신에게도 이롭다.

이것은 상대를 기만하는 것이 아니다. 네가 그 사람의 가치를 인정하고 친구가 되고 싶다 해도, 바로 그것이 비겁한 태도일지 모르지만 그런 사람과는 친구가 되는 것을 권하지 않겠다.

공적인 장소에서 분명하게 실례가 되는 행동을 취한 사

람에게 정중하게 이야기한다 해서 비난받을 리는 없다. 보통은 그 현장을 원만히 수습하고, 주위에 있는 사람들에게 불쾌감을 주지 않도록 노력하고 있는 것으로 여겨진다. 세상에는 개인적인 취향이나 질투 때문에 공공생활을 혼란케 해서는 안 된다는 약속 같은 것이 있기 때문이다. 그것을 깨뜨리는 사람은 세상의 웃음거리가 될 뿐이다.

사회는 심술, 증오, 원한, 질투 등이 소용돌이치고 있는 곳이다. 노력하는 사람보다는 그 수가 적어 다행이지만 열매만을 바라는 교활한 인간도 있다. 또한 변화도 심해서 오늘 흥했는가 싶으면 내일은 이미 쇠해 버리는 경우도 있다.

이런 와중에서 예의와 부드러운 언행만으로는 살아남기 어렵다. 자기편이라고 해도 언제 적이 될지 모르고, 적일지라도 언제 자기편이 될지 모르기 때문이다. 그렇기 때문에 마음속으로는 경계하면서도 겉으로는 상냥하게 대하고, 신중을 기하는 태도가 항상 필요한 것이다.

작은 일을 능숙하게 처리해야
큰일을 할 수 있다

너는 이미 사회인으로 첫발을 내디뎠고, 언젠가 네가 성공하기를 간절히 바란다. 이 세상에서는 실천이 무엇보다도 좋은 공부다. 그러나 동시에 모든 것에 대한 마음의 배려와 집중력도 필요하단다. 편지 쓰는 일을 예로 들어 보겠다. 여기에는 사회인으로서 몸에 익혀야 할 요소가 잘 집약되어 있기 때문이다.

우선 사업상의 편지를 쓸 때는 명확한 것이 중요하다. 세상에서 제일 머리가 둔한 사람이 읽어도 그 뜻을 오해하거나 뜻을 몰라서 처음부터 다시 읽지 않도록 명확히 써야 한다. 품위가 있으면 더할 나위 없겠지.

사업상의 편지에서는 은유나 비유, 대조법, 경구 등은 어울리지 않는다. 차라리 산뜻하고 품위 있게 짜인 문장, 구석 구석까지 빈틈없는 배려를 하는 것이 바람직하다. 복장에 비유해서 말한다면 정장이 좋고, 지나치게 장식을 달거나 단정치 못한 것은 좋지 않다.

문장을 쓰면서 항상 단락마다 제삼자의 입장에서 다시 읽어 보고, 다른 의미로 받아들여질 우려가 있는 부분은 없 는지 검토해야 한다.

대명사나 지시대명사에는 특히 주의해야 한다. '그것' '이 것' '본인' 등을 많이 사용해서 오해를 불러일으킬 정도라면, 다소 길어지더라도 명확하게 '…씨' '…에 대한 문제'라고 명 시하는 편이 좋다.

정중함과 예의 역시 갖춰야 한다. 오히려 '귀하를 알게 된 명예를 입게 되어…'라든가 '저의 의견을 말씀드리도록 허락 해 주신다면…' 등과 같이 경의를 표현하는 문장은 꼭 필요 하다. 해외에 있는 외교관이 국내에 편지를 보낼 때는 대개 윗사람인 각료에게 쓰는 일이 많으므로 특히 이 점에 주의 해야 한다.

편지지 접는 방법, 봉투의 봉함 방법, 수신자의 주소와 성명 쓰기 등에서도 쓰는 사람의 인격이 나타난다. 그런 일 에까지 마음을 써야 한다는 것을 잊지 말아라.

　사업상의 편지에서 반드시 필요한 것은 아니지만, 있는 편이 좋은 것이 품격이다. 화려하지 않고 달필로 쓰는 것이 좋다. 이는 사업상 편지의 마무리에 해당하는 것으로 장식적인 부분이라 하겠다. 그러나 너는 아직 토대가 서 있지 않으므로 과히 신경 쓸 문제는 아니다.

　또 문자나 문체를 지나치게 꾸며서 쓰면 오히려 역효과가 난다. 간소하면서도 품위 있고, 위엄을 느끼게 하는 것이 가장 좋다. 그런 편지를 쓰도록 항시 유념해야 할 것이다. 문장의 길이가 너무 길어서도 안 되고, 너무 짧은 것도 좋지 않다.

너는 곧잘 철자법을 틀리게 쓰는데, 이것도 웃음을 제공하는 요소이니 조심해야 한다.

네 글씨가 왜 그렇게 지저분한지 나로서는 도무지 이해할 수가 없구나. 정상적인 손과 눈을 사용할 수 있는 사람은 아름다운 글씨를 쓸 수 있다고 생각한다. 나는 네가 좀 더 잘 쓸 수 있게 되기를 기도할 수밖에 없구나.

네가 굳이 글씨 교본에 있는 것처럼 한 자 한 자 주의 깊게 긴장해서 쓰라고 말하는 것은 아니다. 사회인은 빠르면서도 예쁘게 쓰지 않으면 안 된다. 그러자면 연습만이 해결책이다.

너는 아직 젊은 나이이므로 예쁜 글씨를 쓰는 습관을 기르는 것이 좋겠다. 그러면 신분이 높은 사람에게 편지를 쓸 일이 생겼을 때 글씨와 같은 사소한 것에 신경 쓰지 않고 내용에만 집중할 수 있기 때문이다.

젊었을 때 공부가 부족했기 때문에 큰일이 있을 때마다 집중하지 못하고 다른 사소한 일에 정신을 빼앗기는 사람이 있다. 그는 결국 큰일을 처리하지 못해 사람들의 비웃음을 받았는데, 우리는 이 사람을 '작은 일에 대범하고 큰일에 소심한 사람'이라고 부른다. 큰일을 처리하지 않으면 안 될 때에 사소한 일에 정신을 빼앗겼기 때문이다.

　너는 지금 작은 일에만 대처해야 할 시기에 있고, 그런 지위에 있다. 이런 시기에 작은 일을 능숙하게 처리할 수 있는 습관을 길러 두는 것이 좋다. 언젠가는 너에게도 큰일이 맡겨질 수 있기 때문이다. 그때 작은 일에 연연해하지 않도록 지금부터 준비해 두도록 해라.